大
方
sight

以X为原型

余静如 著

中信出版集团｜北京

图书在版编目（CIP）数据

以 X 为原型 / 余静如著 . —北京：中信出版社，
2022.8
　　ISBN 978-7-5217-4148-3

　　Ⅰ.①以… 　Ⅱ.①余… 　Ⅲ.①短篇小说—小说集—中
国—当代　Ⅳ.① I247.7

中国版本图书馆 CIP 数据核字（2022）第 046829 号

以 X 为原型
著者：　　　余静如
出版发行：中信出版集团股份有限公司
　　　　　（北京市朝阳区惠新东街甲 4 号富盛大厦 2 座　邮编　100029）
承印者：　浙江新华数码印务有限公司

开本：850mm×1168mm　1/32　　印张：8.125　字数：162 千字
版次：2022 年 8 月第 1 版　　　印次：2022 年 8 月第 1 次印刷
书号：ISBN 978-7-5217-4148-3
定价：58.00 元

目　录

前言：谬误的生活如何过得正确

某一天，我多年未见的好友突然来到我在的城市，在工作日约我吃午饭。面前的食物慢慢变凉，她只是一直滔滔不绝地说话，说的都是一些生活里鸡毛蒜皮的琐事，但我只有一个小时的时间。我说，我们今天就到这里吧。她眼睛突然红了，告诉我她可能撑不下去了。

——《以 X 为原型的一篇小说》

　　上面这段话出自我的小说，也源于我的真实生活。在小说中，"我"并没有给"我的朋友"提出什么建议或是解决办法。但在现实中，我却竭尽所能地发挥想象力，提出各种关于美好生活的方案，并劝说她相信自己有这个能力。直到她告诉我，她"好一些了"。

　　我并不真的相信那些虚幻的美好愿景能够实现。现实生活中的"我"和创作中的"我"常常是矛盾的，在现实中，我有时不得不隐藏自己真实的观念和想法，在小说里我不愿意这样做。因此在创作的过程，我愿意坦然面对自己的内心——人性充满弱点，人的一生中充满无法解决的困境。在我的这本小说集里，我借由主人公们来谈论的通常是心灵上的困境。正如我开头提到的那位朋友，这次我的主人公们并没有谁在挨饿受冻或是物质上极度匮乏，他们都有着看似正常的生活，与城市中的许多年轻人无异，但他们却饱受精神折磨，这样一种折磨有时候令他们想到死亡。这并不是矫情，也不是都市病，很多时候也不是抑郁症，反而是一种再正常不过的，人们对于自己存在意义的思考。当下看似丰富的物质生活从某个角度来说是一种假象，真实情况是大多数人无从选择自己的生活，也无法想象另一种生活，他们遭遇的是精神上的贫瘠和危机。他们不自觉地遵循他人的规划，由他人评判自己的价值。当他们开始对缺乏自主性的生活感到不适和荒诞的时候，他会自然而然地感到痛苦。

弗洛伊德提出"死本能"；加缪说，所有的哲学问题归根结底都是一个问题："自杀"。这两个问题一度使我困惑。直到最近，我创作《以 X 为原型的一篇小说》，里面的主人公 X 一直想要自杀，而"我"怎样也无法说服他，甚至险些被他说服。"一个人不能选择自己是否出生，却能选择自己是否死亡。"这看似只属于死神的权力，正握在人们自己手中。这难道不是一种巨大的诱惑吗？"我"和 X 一起认真思考了关于死亡的问题。而"我"发现，在没有真正思考过"死亡"时，"活着"是没有意义的。思考生存的意义，是人所不同于动物的地方。生存和繁衍，不是人类存在的唯一价值，也不是人类存在的最高价值。

当然，死亡并非一种解决问题的方式。思考死亡的目的可以是为了更好地活着。苏格拉底说过，未经反思的生活是不值得过的。缺乏自我认知的人像动物一样依靠本能活着，直到生命结束。发现自我似乎是一件可怕的事情，因为当一个人想要听从内心时，他往往会发现自己和"别人"不一样，他会害怕站在群体的对立面。但每个人原本是不一样的，那些庞大而单一的"群体"本就由许许多多不一样的个体组成，群体中的人们为了安全感放弃自由，最终变成自己的敌人。

在这本书收入的几个故事里，我笔下的人物几乎都在浑浑噩噩地忍受，或是小心翼翼地维持着自己当下的生活，他们缺乏经验和勇气，惧怕改变，也缺乏智慧和机遇，受环境限制而看不到更多的可能性。这些人物的原型取自我日常接触的一些人，朋友、亲戚、同事、陌生人，也有我自己。其中的原型之一——我的一位朋友看过小说之后表达了不满，他承认我们大家就是这样庸庸碌碌，但"为什么不写一些更理想的人、更有能量的人"？我想，他说的大概是"英雄"？每个人都有一个"英雄梦"，少年时我们幻想自己是英雄，成年之后更期待别人成为"英雄"。我确实也想塑造这样一个角色，但无论怎么写，"他"都显得那么不真实。我还是想要写一个能够真正存在的"英雄"，"他"和我们一样陷在一摊烂泥里，挣扎着想要创造一个新世界。

在这本小说集里，每个角色的"困境"都没有得到解决，我描述的只是他们开始审视自己生活的那一瞬间：他们对原本认同，或是一直未经反思的生活突然产生痛苦和怀疑。我想要尽可能准确地描述他们人生中的这一刻，讲述这一刻是如何发生。我希望我笔下的这些人物具有普遍性，也希望读者读它的时候能够想到自己或是身边的什么人。我希望每个处于生活或者心灵困境中的人都去审视自己的困境，虽然这过程可能是痛苦的，但我相信不会一无所获。阿多诺说，谬误的生活无法过得正确。但我想，假使我们每个人都无法摆脱命运，但仍拥有对其反思的自由。"反思"，正是希望所在。也许"英雄"就在我们之中，总有一天他会爬出来。而审视自己的困境，正是他走出的第一步。

余静如

2022-4-17

平庸之地

真正开始认识到它的存在时，他已经到达了他人生阶段里中年的末期。

他幼年时生长在乡村，在那里，炙热的夏日阳光似乎永不退缩，滚烫的土地在他裸露的皮肤和记忆中留下印记。比起现在这个时代在空调房、补习班和电子游戏中消磨假期的孩子们，幼年的他所经历的假期格外漫长。他敏锐地感知着时间，试图在大自然中取乐：他在田间捕捉昆虫、做简单的装置捕鸟、不费力气便自己学会了游泳。很快，他学会了潜入不深的水里，睁开眼睛，观察鸭的脚掌在水下摆动。

他几乎每时每刻都能察觉到周围的自然中发生着微小的改变。他知道篱笆上的牵牛花比前一日高出了几寸；他知道壁虎的尾巴断掉之后还会再扭动几分钟；他看见蛙类的心脏被剖出丢到一边，勃勃跳动；他看见撞入蛛网的凤尾蝶扑扇着美丽的翅膀挣扎，又看见几日之后风中垂吊着它支离破碎、七零八落的躯体……他幼小的心灵随着这些微不足道又惊心动魄的事件一起震颤。有时候，他会静静地望着一些什么，比如树梢上几片新长出的、嫩黄的叶子，天空中翻腾而过的、奇形怪状的云。大约就在那些时候，他第一次看见了它。

　　它调皮地从他的视野中迅速地掠过，导致他根本没有看清楚它长什么样子，甚至可以说，他几乎没有看见它。他只听见了一些因为快速运动而发出的声音，类似于昆虫翅膀的振动。因此，他唯一可以确定的是，它很小很小，小到让人难以察觉它的存在；它的速度很快，也快到难以让人察觉它的运动；然后——它会飞。

　　那么，这样一想，它很有可能就是一只昆虫而已，他从没见过的昆虫，或者正是他所知的某一属类，只是这一只特别小，又飞得特别快而已。由此，他那点微薄的自然经验帮助了他，虽然在之后的日子里，它仍时不时地在他的周遭迅速掠过，但他从未怀疑过那是一件未知之物。他把它当作蜜蜂、蜻蜓或是苍蝇、蚊子。他习惯之后，便渐渐察觉不到它。

　　再一次看见它的时候，他是少年了。那时的他正在教室外的走廊上罚站。被罚的原因他已经不记得，也从未记住过，记得的是烈日，仍旧是烈日，照射在操场里长长的橡胶跑道上。空气中散布着一种油漆、尘土、橡胶和夏天的植物混合在一起特有的味道，还有那些闪着光的单杠和双杠，高高低低、错落有致，共同向他传递一种热量。他的汗水和血液也在发热，四肢麻木，脑子昏昏沉沉的。然后，他先是听见了它，伴随着一阵嗡嗡声。他起初还以为是自己耳鸣，而后又认为是远处看不见的某个工厂里庞大的机器在运转，或者什么地方的道路在施工，直到他看见它。

它的速度仍然很快。他分辨不出它从哪个方向来。它只是突然冒出来，盘旋在他的头顶上方，距离他不算近，也不算远，刚刚好在他无法看清楚的高度，盘旋着嗡嗡作响。它看起来比他在幼年时看到的要大一些，也许有一只燕子那么大。它没有颜色，或者是天空的颜色。他无法直视它，因为巨大的太阳就在它的身后。很快，它就消失了。

它的出现给他带来一种类似中暑的体验，很快他便真的中暑了。他嘴唇发白，口吐白沫，靠着墙壁缓缓蹲下，然后坐下，双手抱住膝盖。下课铃响，人群拥向他，几双手慌忙地搀扶推动着他走向了医务室。他在那里得到治疗和休息，恢复后，他对于它的记忆变得模糊。它给他造成的不适与中暑给他造成的不适，这二者也变得难以分辨。他没有过多思考这些事情：嗡嗡声、烈日下的震颤、晕眩、呕吐……大致就是一次夏日的偶然事件而已，无数人体验过，无时无刻不在发生。他忘记了它。

有趣的是，在那之后，它又多次出现。在他上课发呆时，他看到它迅速地掠过黑板，撞击数学老师光亮的头颅，他瞠目结舌的表情引来了讲台上的三角尺和粉笔头。它有时会敲打课室的窗玻璃，引他向外去看，让他去外面的世界找它。它会钻进女学生的裙子里，让他浮想联翩。它也常出现在一些危险的地方，比如教学楼顶。他看见它跟着一个学生一起从楼顶上俯冲下来，他被吓坏了，在人们围观的时候，他远远地躲开。放假回家的时候，他坐在大巴车上，能感觉到它就潜伏在轮胎底下。它像是他的一个伙伴，但若即若离；又像是一个监视者，有时让他感觉到威胁和心虚。但当他感到无助和恐惧时，他又会忍不住，向它祈祷。

当然，他始终不知道它是什么，也不知道它是否存在。他所有的经验和所受的教育都告知他，它不存在——不管它是什么。他以为的"它"不可能存在。因此，他怀疑自己心理有什么问题，有时望向自己的心，它也在那里，一直往下沉，往下沉——它让他感觉到自己在坠落，坠向一个深不见底的地方。他害怕了，挣扎着摆脱它，想要重回一个清晰明亮的世界，一切都有条不紊、有迹可循，一切道路都由前人铺好了，无数人走在上面，平坦、安稳，他要和他们待在一起。

他从大人们那里知道了"青春期""叛逆期"这样的词，他也看到了许多走远了的"坏孩子"和他们的坏结果。他不能任由自己陷入无止境的幻象之中。他控制住自己，不再去想那些"难以理解"的事情。它仍然会不时出现，伴随着一些危险的念头，但经过练习和自律，他已经渐渐习以为常，对它视而不见。它再也无法导致他出现中暑一般的症状了。他健健康康地、令人满意地扮演着被环境和期望赋予的角色，偶尔也遭受着被认为"不达标"的苦恼。他人的苦恼亦成为他的苦恼，他人的不满亦成为他的不满。他成功地使它消失了，消失了很长很长的一段时间。

他没有遭遇什么不幸。和大多数人一样，他平安地长成了一个青年。他在一所普普通通的大学里读一个普普通通的专业——经济学——到了毕业也没明白那到底是什么。尽管普普通通，当初他仍花了一些精力才考上它，父母为此大摆筵席，他们的亲朋好友以及欠过他们人情往来的一般朋友纷纷带着数额不等的礼金前来祝贺。那热闹的氛围让他以为自己真的完成了一件了不起的人生大事。十数年的努力苦读，无数个台灯下的日夜，数不尽的教科书、辅导书、练习册……父母和老师赋予他的人生目标终于实现了。

大学阶段的自由令他欣喜若狂又不知所措，他几乎将全部的时间都用在弥补自己过往十年的克制和劳累上了。他尝试了许多从前没试过的新鲜事物，交往过几个女朋友，和朋友通宵达旦地打游戏。

父母在他上大学之后并没有给他施加什么压力。他们是做小生意的，二十年前，他们拥有一辆小推车，在一家小学门口摆了八年的早餐摊子。凌晨四点他们便起来准备工作，煎饼、茶叶蛋和豆浆做得很良心，赢得了许多固定的客人，有些孩子从一年级一直吃到六年级毕业。其中有那么一两年时间，因为生意太好，他们请了家里的亲戚们做帮工，但亲戚们的加入起了反效果，他们因为一些微不足道的事陷入无休止的争执。随着更多勤劳的早餐店主加入这块区域的竞争，他们的生意终于一蹶不振。好在他们已经积累了足够多的一笔财富，可以与亲戚们分道扬镳，在一家中学附近买下一间铺面，不再起早贪黑，也不再受风雨侵扰。他们开始安安稳稳地做零食和文具的小生意，依旧红火。

他宛如梦醒一般从大学毕业。好运依然伴随着他。父母告诉他，他们已经花费了一生的积蓄在南方一座沿海城市里为他买下一处居所。他们建议他离开这炎热的内陆小城，去一个气候温和又悠闲的地方发展，而他们也将在那里安度余生。这对他而言是一个很好的建议，况且他也没有别的想法和意见可以采纳。他听从父母的建议，来到新的城市之后，再一次拾起了自己做题和考试的本领。一切都十分顺利，他考上了当地的公务员，进入计生办工作。他的日常工作十分简单，几乎不费脑力。办公室里的人际关系也不复杂。不多久，居委会的一位老阿姨把亲戚的女儿介绍给他。他长得斯文白净，人看起来规规矩矩；那女孩长得也干净清秀，不过分漂亮，仔细看却值得一番品味。他第一眼看她便感到满意。他没有什么野心——她配他刚刚好。

一切顺利安稳，宛如上天的安排。

几年之后，他终于遇见一件棘手的事——他的第一个孩子出生了。他尝到了初为人父的喜悦，但他的妻子没有分泌乳汁，一滴也没有。这反常的事件让他分外紧张，他的父母提议用奶粉或是米糊喂养这个婴儿，但是他不同意。他记得看过一个关于"大头娃娃"的新闻，无数幼儿被毒奶粉毁掉了一生。他平时并不注意这些嘈杂凌乱的信息，但事关自己的孩子，记忆里一切经验的碎片都被他搜集起来，用于抵挡可能来自四面八方的侵害，以建造一个属于孩子的健康环境。

他整日整夜地在网络的海洋中潜泳，想要找到解决办法。他发现了一些专门为缺乏母乳的女性而开设的论坛，进而发现了一个巨大的群体——数以百万计的缺乏乳汁的母亲。那些论坛中充满绝望的母亲或父亲，他们从一开始的倾诉苦恼，渐渐转为怨愤和咒骂。有人认为，失去乳汁是工业社会的环境问题造成的；也有人认为，是食品安全出了问题，所有的现代人身体里都充满毒素；有些人专注于分析化学添加剂、辐射、污染、气候变暖等，用数据说明问题；有些人则大谈人类历史、哲学、政治。有一个号称自己研究社会达尔文主义的网友说，现代医学的发展导致人类本身愈来愈虚弱，劣质的基因由于缺乏淘汰机制被保留下来，而现代社会的发展趋势也使得许多优秀的人类因为环境或经济因素而缺乏繁衍的欲望，相反的是，经济落后闭塞地区的人们仍在无知无畏地拼命生养，这将导致……起初他颇受这些新鲜论调吸引，但当他发现这些看似高明的论调统统指向无解之后，他感到愤怒又绝望。他只想要一个答案。

他沉浸在这纷繁复杂、众说纷纭的异空间之中，头痛欲裂。他感到世界正在走向毁灭，而他的生命与他创造出来的新生命都一样毫无意义。他开始失眠。接连着许多个夜晚，他睁着通红的双眼躺在床上，听见婴儿的哭声。他房间里的灯被打开，妻子起身忙碌，他的母亲也在客厅、厨房、卧室的婴儿床之间走来走去，而他浑然不觉，只觉得自己和周遭的一切都戴着枷锁，正朝着毁灭走去。

就在这个时候，他终于又看见它了。

少年时期，状似一只轻盈雨燕的那个它，此刻变得庞大起来，超过他体积的三倍。当他红着双眼、头昏脑涨的时候，它就悬浮在他的正上方。它不再灵巧，变得有些笨拙。它也不再调皮，飞来飞去地戏弄他，只是呆呆地悬浮在天花板下面。但他仍然看不清它的样子，它就像一个有形的梦，又像一个忧郁的、发福的中年胖子。它转移了他的注意力，使得他从那些怪问题中暂时解脱出去。他静静地看着它，感到它也在静静看着自己，即使它没有双眼。

他什么也没有想，起身走动，经过客厅，在厨房里为自己打开一罐啤酒，它跟着他。他去厕所，放下马桶圈，坐在上面，它与他一起挤在这个狭小的空间，紧贴着墙壁和天花板。它就像是一只他小时候系在手腕上的氢气球——他从它那里莫名地得到了安慰。他的心情好起来，离开厕所之后，他开始大口吃东西，他眼前的事物逐一清晰起来，餐桌、电视机、沙发、茶几上雕花的玻璃瓶、瓶里插着的几枝干花……婴儿床里熟睡的婴儿、妻子的脸、母亲、父亲……这一切清晰起来，而它像一团清晨的雾气般消散了。

他的母亲略微带着责怪的语气告诉他，这些日子全家为了孩子操了不少心。他的妻子还是没有奶水，但他们已经通过一些途径买到了绝对可靠的进口奶粉，它们的价格很贵——他父亲为此取消了今年的旅游计划，但奶源地绝对健康。他母亲眉飞色舞地描绘着那个遥远的奶源地——她从未见过的一个地方，但听起来就像是天堂。

一家人聚在客厅温暖的大沙发上。他们告诉他，他前段时间一直都失魂落魄，但他们没空管他。他没有担起做父亲的责任，但他们没有责怪他。妻子把孩子抱过来，交到他的手里，那孩子已经长得白白胖胖，眼睛眯成一条缝看着他，明亮的瞳仁里射出光来。多么健康的一个孩子，他内心充盈起生命的喜悦。他愧疚地看一眼妻子，妻子温柔地对他笑笑。他意识到自己有多么愚蠢，他对幸福还能有什么别的定义吗？他拥有的已经够多了。他告诉妻子，他要为这个孩子取名叫"明天"，因为"明天"充满了希望。他反省自己抽离生活的那一段浑浑噩噩的日子，认为自己险些成为一个懦夫。他憎恨那一台让他深陷烦恼的电脑，还有那些危言耸听的陌生人。他注销了自己的论坛账号，并且打热线电话将这个论坛举报了，理由是它传递了悲观的情绪，影响了自己的正常生活。从那之后，他使用电脑最常见的原因只是网络游戏，这也一定程度地影响了他的家庭和谐，但是相比那些可怕的言论，游戏的影响便微不足道了。

　　就总体而言，他在之后的日子里扮演了一位合格的父亲、丈夫、儿子，同时也是一名合格的公务员。之所以"总体而言"，是因为他的生活中还是出现了一些不太重要的小插曲。比如，他曾动员母亲将部分退休金投入一家网络借贷平台，而几年之后，这类公司接二连三地爆雷，受害者众多。他们一家从新闻上看到许多人穿着特制 T 恤，举着横幅，上书鲜红的几个大字"还我血汗钱"。有些受害者损失的数额惊人，他们原本十分沮丧、愤怒，但看见这些更为悲惨的受害人之后，又转而庆幸自己坚持了"不要把鸡蛋放进同一个篮子里"

的投资原则，与不幸擦身而过。他的母亲向来乐观，很快便不再去想这一次的损失，而他也就从心虚和内疚之中很快解脱出来了。

另一件事，则是他在孩子上小学那一年，和一位来办准生证的已婚少妇发生了一段婚外情。那件事情发生得迅速且突然，少妇向他哭诉自己的丈夫结婚不到一年便开始出轨，而自己也想报复性地做一次，于是他们便开始了。他对此毫无悔意与羞愧，甚至沾沾自喜：少妇选中自己，他相信不是出于偶然，而是因为自己有些特别之处。他为此得意了一阵。他们的关系一直持续到少妇怀上了丈夫的孩子才停止，他出于祝福送给少妇一个千元礼包和许多关于挑选奶粉的建议，他们的关系圆满结束。此后，他在许许多多个空虚无聊的日子里仍回味这一小段经历，而妻子也从未发现，仍兢兢业业履行自己的家庭职责。

他有过对妻子不满的时候。在他们的孩子"明天"念中学寄宿的那几年里，他发现妻子竟然开始追星。她花了不少钱去反复地购买一位歌手的电子专辑，买了几乎所有这位歌手代言的广告产品——家中的一切，小到抽纸，大到冰箱、吸尘器，全都和那位歌手产生着隐秘的联系。就连他床上的四件套也变成了绿色——据说是那位歌手的"应援色"。与此同时，妻子愈来愈沉迷于平板电脑和手机，当他发现妻子的手机屏保、相册里也都充斥着与那位歌手相关的一切时，他感到慌乱了。不久之后，他成功地让妻子怀上二胎。妻子在孕期依然反复刷着那位歌手的视频，但当她生下他们的女儿之后，她便没有时间再去管那位歌手。她又恢复了一个母亲的样子，忙碌起来。他给他们的女儿起了一个名字叫"未来"。久违的幸福感又一次出现了。他算了算自己和妻子的银行存款，购买的基金、股票，加上父母在内陆留下的那座房子现在的市场价，估算了岳父岳母老家几年后老房拆迁可能会取得的数目，他有信心可以将"明天"和"未来"好好养大。

接下来的几年里，他也遭遇了一些几乎任何人在漫长的一生中都会遭遇的困难，诸如他的父亲在一次酒后散步的过程中突然中风；女儿"未来"上小学时，市场上遭遇了一次经济危机，他购买的基金和股票价值腰斩，老家的房价大跌……这些事情他们都挺过去了，妻子学习了一门美容美发的手艺，对家里的经济状况颇有帮助。在那段时间，他又开始投入网络上的种种议论纷争中去，但他并没有再为此困扰，因为即便经历这一切，生活仍然"还过得去"。他在网络上所看到的净是一群满腹牢骚的年轻人在抱怨，他们中的许多人没有结婚、没有房子、没有生儿育女，也有一些人正在为数百万的借款和巨额房贷承受着高压的生活。他们之中不乏比他优秀得多、努力得多的人，但他们的境遇都远不如他。他感到自己受着上天的眷顾。他从未吃过什么大的苦头。他人生的那艘小船稳稳当当地沿着他能看得见的那条航线去了，他甚至有些庆幸自己不再年轻，他看着自己完整的家庭，庆幸自己不必再遭受这个时代年轻人的苦恼……

可正是这时候，它再一次出现了。这一次它的出现和以往任何一次都不同，因为它是以一种强硬的干扰态度出现的。

它再一次发出嗡嗡声，那声音的分贝是他童年时听到的几百倍，如果说他幼年时听见的可能是蚊虫翅膀的震颤，那么这一次则是一个庞然大物的运转。它不像是大自然中的声音了，更像是一种人类发明的机器。它不再出现在白天，而是出现在夜晚，每当夜晚最安静的时刻，它便伴随着震耳欲聋的嗡嗡声出现。它变得更加庞大了，不再局限于他的卧室之内。它将他家的天花板完完全全地遮挡住了，并且散发出一种冰冷的钢铁气味。它仍悬浮在他的身体上方，但它不再轻盈，他感到来自它的沉重的压迫感，像是被困在噩梦里一般动弹不得。

它的存在严重地影响到了他的生活，这是此前不曾发生过的。他被迫去思考它的存在。在思考之前，他不得不先承认它的存在。他想啊想，从人生中最初的记忆开始——它是什么时候出现在他的生命之中的？于是他记起了一些零零碎碎的、不可解释的片段：在他身旁掠过的未知之物，那令他疑惑却未曾专注去看乃至探究的未知之物……他相信了，它一直和他共存着。

只是他不懂。他记得它总是在一些特殊的时候出现：他茫然时、困惑时、游移不定时、焦躁绝望时……可现在这些令人不适的情绪早已离他远去，他此时正安安稳稳地待在一个舒适的世界里——他和他的家人，几十年来一起造就的，一个拥有规则的小世界。他们凭着过去习得的经验，毫不费力就能在其中生存。人活着那样艰难，又活得那样容易。而他是一个拥有好运的人，在几十亿人当中，每分每秒都发生着生老病死，无数人遭遇痛苦的世界中，他活得这样容易。他并不认为这是理所应当的，他对着某种空虚产生过敬畏，心怀感恩，并祈祷自己接下来的几十年生命仍然能够平安无恙地度过。为什么它要在这样的时候，以这样的面目出现，干扰他的安宁？

他忍受着它，静静地等待它像从前那样，在他周围待一阵子就离开。他也再一次使用过去的办法，试图转移注意力，忘记它的存在。过去的每一次，他都是这样成功的，他甚至不知道它是什么时候离开的，又是怎样离开的。因此，他从未思考过那些问题。可这一次不同了，无论他怎样做，只要一到夜晚，它就黑沉沉地压在他的身体上方。有时候，它把他周围的一切事物都遮挡住，这让他感到极度的恐慌和害怕。他看不见他的房间了，看不见他的衣橱、转椅、台灯、花瓶、装饰画，看不见他睡前搭在椅背上的那条浅棕色的棉裤，那些都是他赖以生存的一切。那一切都代表着他，那一切就是他自己。但他被它遮挡着，他不知道自己是谁了。他起初以为自己在一具棺材里，恍然认识到自己已经死去，但随之而来的窒息感让他又清楚地意识到自己仍活着。他看不见自己的肉体，于是他的意识也变得很轻很轻，他发现自己只是一粒尘埃，在无数尘埃之中，随着不可理解的某些力量做着他不能理解的不规则运动……有时候他醒来，发现自己正在哭。

他摆脱不了它。

他成了它的囚徒。

他被迫以一种新的方式去对待它，无法忽视它。他只能和它共处。他开始试着直视它，这种体验往往令他十分难受，因为那就像是一个高度近视患者想要看清五十米外的广告牌一样困难。他并没有因此而退缩，每一次，当他对它避无可避（这样的时刻越来越多），他便视死如归般地看着它——模糊的一团，直到数不尽的时间过去，他的生命和能量一点一点为之消耗。和从前相比，它竟然显得清晰了起来。直到有一天，突然，他看到了一块清晰的碎片。

碎片的底色是象牙白，从远处看，它有一定的光泽感，但靠近了看，它又有一些细微的沧桑痕迹。它的质地时而像钢铁，时而又像一张牛皮纸。这重大的进展使他欣喜若狂，不亚于哥伦布发现新大陆、达尔文始创进化论。为了不忘却每一次的新发现，他将脑子里关于它的一切细枝末节都记下来，做成了详尽的、伴有粗略插图的笔记。有一次，他找到了一些别的碎片，它们大大小小，有着不同的颜色，他将颜色对比，拼凑起来，竟发现它们原本是一体的，他不厌其烦地寻找新的线索，像是还原一块巨大的拼图，他还真的做到了，他拼出来一个字母 A，这让他惊喜又困惑，"A"是什么意思？这个"A"，是他所认识的字母"A"吗？还是什么远古图腾？或是某个巨大图像中的一块呢？他饶有兴致地想，他发现，从小到大，他从未花这样多的时间和精力去想这样一件抽象又具体的事物，在缺乏任何目的与依据的情况下，他做的这一切很可能都是无用功。但这并没有使他失去热情，相反，他从中获得了巨大的满足，他的时间被填满，内心充实而自信，他再一次体会到一个"人"的"主观能动性"的力量了。他充满了干劲，带着这样的精神力量，他对它再无反感。每当它在夜里黑沉沉地覆盖他上方的一切，他只是饶有兴致地观察它，试图解开它的奥秘。

它呈现在他眼前的碎片愈来愈多。他对它的研究进展神速，很快，他发现它并不属于一个平面，它是三维的、立体的，他认为它接近一个圆柱体，不久之后，他又认为它更接近一个圆锥体，但他又迅速地推翻了他的观点，因为他发现它长着两只翅膀。几个月以后，他翻开记事本，看着自己密密麻麻的草图、注解、记录和推断，对着自己最终得出的结论哑然失笑——它是一架航空飞机。它竟是一架航空飞机？他不敢相信，但它分明就是，历经数年之久，他已经完完全全地还原出它每一个可知可感的细节。没错，它正是一架飞机。得出这个结论之后，他并没有太过懊恼，也没有感到过去是在浪费时间。毕竟，不管他做什么，时间总是在流逝。只是，既然它没什么特别，他也就不再困惑。他将记事本丢进抽屉。当天它就消失了，他再也没有想起它。

他从未想过，他有一天真的会在现实中见到它——但是他应该能想到的，既然他认为它是一架飞机。

他见到它，正是在他八十岁生日的那一天。那当然不是他第一次乘坐飞机，但他第一眼便认出了它，它看起来那么普通，却又和他以往生命中的任何一架飞机都不同。他伸出手去触碰，真切地感受到了那像钢铁又像牛皮纸的触感，他用脸贴近它，看见它的表面正如同他自己的肌肤那样，有着风霜造就的纹理。

他整理好自己的衣帽，肃然登上扶梯，当他走进机舱内，他看见里面的座位已经坐得满满当当了，其中一些人的身影他感到熟悉，也有一些人看起来有些陌生。他朝他们点头致意，他们中有人报以微笑，也有人不以为然，不屑一顾。他摸索着向前，找到那唯一的空位安稳地坐了下去。他原先以为，这不过是一次普通的旅行：他的孩子，为他买了一张机票，邀请他在生日那天去往他们的城市，一家团聚。而此刻，他相信这架飞机并不会去往那个地方，它不会带他去那里。他只能听从它的安排，他的一生都在听从安排，尽管很多时候他并不清楚，是什么安排了他的人生，但被安排总是最省事的。他在无法抗拒的旅途中感到安稳，不一会儿，他便沉沉睡去，犹如婴儿。他感到这架飞机就是他，他在飞行。他为终于认清自己而感到轻松和惬意。过往的记忆如同窗外的云彩纷至沓来，他畅想其中，而片刻之后，他突然睁开双眼，惊出一身冷汗。

他意识到，终于确切地意识到，他幼时所见，青年时所见，中年时所见，晚年时所见……乃至他方才所见，都并非他自以为是地还原出的那一架随处可见的客机。它们都是一些别的什么东西，它们是蜻蜓、是飞行器、是上古生物、是龙……他的人生原本可能是那样的一些结局，如果他曾停留在那些时刻，用心去仔细看的话……

他宽大的翅膀又从云里缩了回来，他将自己蜷成一个小点，他变得越来越小，越来越小，最后就像坍缩了那样，陷入柔软靠垫里的宇宙。他感到无可奈何，又如释重负，于是闭上眼睛，任由它去往一个永恒的，平庸之地。

404 的客人

阿布第一次踏进这间屋子，便对它产生了好感。尽管在别人眼里，它可能稍稍旧了一些。它属于一个二十世纪八十年代建造的老小区，内部装潢也是旧的，旧到看不出装潢。墙上的白漆在阳光下看起来像一张磨毛了的旧宣纸，小小的竹编椅子靠在阳台上，阳台上一排排土陶花盆，花草在里面杂乱地长着，冲着阳光升得很高。

　　一对上了年纪的夫妇在阳台上站着。即便是背着光，阿布也能看到他俩脸上的笑容。在阿布打量这几间屋子的时候，他俩也在打量着阿布。

　　"好，好。"他们看着阿布，有些局促又有些高兴的样子。终于是那位老妇人先走近阿布，拉着她的手，看着她的脸说："多大了啊？成家了没有？"老先生站在后边，为自己伴侣的言语感到唐突，不好意思地笑了笑，把脸转向别处。

　　"我今年二十六，暂时没交男朋友。"阿布大方地回答。其实阿布在两年前已经交往了一个异地男友，正计划着搬来一处同居，只是她不确定老夫妇对年轻人生活方式的看法，也认为不必对他们诚实交代。

　　"好，好。一个人住这里好，安静。"老妇人眼睛亮闪闪地看着她，"我儿子，他高考的时候就在这间屋子里备考的，最后考上了清华。后来我这里租给一户人家，他也是清华毕业的。我们都是正经人，我老伴以前是大学老师，我也教过中学语文。我这里风水好的，住的人运气也好。"

老妇人笑着停顿一下，又说："当然你们年轻人可能不信这些，不过住的地方是有这些讲究的。你是哪里毕业的？"老妇人话音刚落，老先生在背后急急地埋怨一声："你呀，就是话多！"但他很快转过脸，对着阿布微笑，似乎也期待着阿布的回答。

"我是华师大毕业的。"阿布笑着说。

"好，好。也不错！女孩子这样很好。"老妇人笑眼弯弯，对着自己丈夫说。

"那么……"阿布小心地问，"这里的房租多少钱一个月呢？"

"四千三百。"老妇人回答，又加了一句，"你租还可以更便宜的。"

地铁站附近，靠近市中心，一居室的房子租金早就涨到六七千了，这里虽然旧，但与同价位的房子相比，面积大了不少。听到价格的时刻，阿布已经知道自己将租下这套房子。况且，正如老妇人所说，她也觉得这里"风水"不错，虽然她确实属于不信风水的那群"年轻人"。她喜欢这里的生活气息，有人味。她一直面向阳台站着，这一天的阳光格外好，穿过花草，晃着她的眼睛。

"可是，这里好像没有微波炉、洗衣机……"阿布似乎在喃喃自语。

"哎呀，微波炉、洗衣机……可以给你配的，其实，你可以上我家里去吃饭，衣服也可以拿到我家里去洗，我家就在附近呐，很近，就隔两个楼。"老妇人热情地诉说着，伸出手往窗外指。老先生又在她身后扯扯她的衣角。

两日之后，阿布搬进这间屋子。房子虽然旧，但不脏。阿布把屋子里里外外都擦洗一遍，很快收拾完毕。衣服叠好放进衣橱，毛巾挂在浴室的小挂钩上，保温杯搁在小客厅里，这屋子立刻充满阿布的气息。阿布站在屋子中间环视这新的居住环境，想起阿芒很快也要搬来这里——身高一米八，体重八十多公斤的阿芒住进这里，空间立刻就会被占满。她脑中突然闪过老妇人所说的一句话——"我儿子，他高考的时候就在这间屋子里备考的"——看来，他们曾一家三口住在这五十平方米左右的空间里。不过，他们现在早已摆脱了那些拥挤的日子。

阿布走到阳台，拖过竹椅坐下，仰着头，眯着眼睛看天上的云彩。一连许多日都是大晴天，这样的晴天促使阿布选中了这处居所，这里像阿布小时候住过的地方——阿布的外婆家。十多年前，阿布外婆家里的布局跟这儿几乎一样。那时候阿布的个头才刚刚超过阳台的围栏，她总是踮着脚，朝阳台下面看。

阿布在阳光下懒洋洋地靠着椅背，不知为什么，那对老夫妇的样子浮现在她的脑海里。他们有些太过热情了，这样的屋子，以五千多的价格也可以随时租出去，他们却便宜租给了阿布。当然，他们说对租客很挑剔——年老的夫妇，当然要租给可靠的人、没有攻击力的人，如果碰到没有素养又霸道的租客，想必会十分困扰。但是，说可以上他们家去吃饭，衣服也可以拿去让他们帮忙洗，这未免太过头了。最后，阿布并没有让他们配备更多电器，说自己可以买，而房东又主动把房租降了二百块。阿布对房东的好意连连摆手，房东喜欢自己虽然是件好事，但她害怕和他们有过多的交流，也不想产生多余的联系，只希望他们不要打扰自己才好。让阿芒住过来，总不会有什么问题吧？阿布在这浅浅的忧虑中呆坐着。

一周之后，阿布和阿芒开始了他们的同居生活。阿芒从浙江来，因为和阿布的恋爱关系更进一步，他辞去了义乌的工作。他在义乌做的是企业文案，到了上海还没有锁定新的工作目标，但他十分兴奋，沉浸在和阿布的同居生活里。

"四千能在上海这个地段租到这样大的房子真是太好了。"阿芒说，"虽然有些破旧，不过让我来改造一下就好。"阿芒露出信心十足的样子，似乎要大干一场。

"这不太好吧？"阿布有些担心地环顾四周，"破坏了人家的格局。"

"又不是要砸墙，我贴一些壁纸，买一些家具总可以吧？这里几乎什么都没有。这种老掉牙的茶几，不能扔，也要铺上桌布才像样子。"阿芒说，他不知从哪儿找出了一把生锈的铁皮卷尺，开始对着屋子的各个角落测量。

阿布跟着阿芒在屋子里转，突然说："这房子里该不会发生过什么事情吧？"

"什么事情？"阿芒困惑。

"比如……死过老人，或者什么凶杀……自杀……"

"你脑袋里头都装着什么啊？"阿芒笑。

"不然为什么这么便宜呢？这种事情很多，我前些天还看过一个新闻，一个男租客把女友杀死藏在冰箱里，还有……我亲眼见过一件事，原先我租房的那个小区，有个人心脏病发作猝死，过了半个多月才被邻居发现。夏天，尸体被拖出来的时候，下面一摊一摊的水……恶臭。"

"哎呀，你别说了行不行。"阿芒装作要呕吐的样子。

"那样的房子，谁还愿意住？可是你说呢，在这种寸土寸金的地方，还不是租出去。"

"行了行了，真有那样的房子，两万一平方米给我，我会高兴地买下来。"阿芒说着，掀开门后的一副旧挂历。

"啊啊啊……"阿芒惊恐地叫。

"怎么了？"阿布慌忙跳到阿芒身后，用力捉住阿芒的胳膊。

"血啊！"阿芒大叫。

阿布吓得也尖叫起来。阿芒却笑了，弯着腰，笑得上气不接下气。阿布顺着阿芒所指的方向看去，那里不过是一块红色的油漆。阿布松了一口气，拳头重重捶打阿芒的肩膀，

"叫你吓我。"

"你先吓我的。"

"可是，"阿布还是盯着那块刺眼的红漆，"这里怎么刷这么一块漆啊。"

"大概是原本的漆掉了，补一补。总之，真是太难看了，这整个屋子我都得好好修整修整。"

阿布始终有些忧虑，喃喃地说："可是，我总觉得他们会不高兴。"

"谁？"阿芒问。

"房东。"

"房东不好相处吗？"阿芒问。

"倒不是。"阿布在脑子里勾勒出那对老夫妇的样子：他们背着阳光站着，老先生穿着挺括的格子衬衫，灰色羊毛夹克，头顶的头发稀疏，但面容干净清瘦，高鼻梁上架着一副黑边眼镜。老妇人瘦小，花白蓬松的短发和深棕色的毛衣使她看起来很精神，脸上无时无刻不带着笑容，十分可亲。

"其实我挺喜欢他们的，"阿布说，"而且我觉得他们也很喜欢我。"

"那你还担心什么？"阿芒问。

"也许就是因为喜欢才担心吧，"阿布说，"不想破坏自己给他们留下的印象。"

"你真是想得太多，你和他们有什么关系，不想破坏自己的形象？你觉得自己在他们眼里是什么形象？"阿芒笑着反问。

阿布回忆着那天的场景。她为了骑自行车去看房，特地穿着方便耐脏的旧T恤和宽大的牛仔裤，背着一个帆布袋子，马尾辫束在脑后，没有化妆。她还回答说"暂时没交男朋友"。

"他们或许以为我一个人住在这里，还叫我去他们家吃饭呢，甚至说要帮我洗衣服。哦，他们还有一个清华毕业的儿子。"阿布说，同时想到，以那对夫妇的年纪，他们的儿子应该也不年轻了，不过，也可能是晚婚晚育。

"他们就是小气，不想给你配新电器而已。"阿芒说着，又突然想到了什么，"他们还有一个儿子，不会想要你做儿媳妇吧？哈哈。"

"欸？你居然笑得出来，要是他们真的看上我做儿媳妇呢？"阿布问。

"那你嫁吧，这房子你也不用付租金了。"阿芒爽朗大笑。

阿芒像块纯净的玻璃，在阳光下也显不出一丝杂质，阿布喜欢这一点，却又对此感到疑惑。世界上真存在这样的人吗？不隐藏，不忧虑，像一个三岁的孩童。阿布和阿芒正好相反，亲戚的一个电话，室友的几句私语，同事不经意流露的眼神，甚至一些无关紧要的琐事，都会让她陷入烦恼。有时候她认真考虑起自己的心理健康，发现让自己不安的并不真的是那些琐事，而是一个黑暗的、深不可测的将来，以及未知的一切。她喜欢在夜里和阿芒探讨这些想法，阿芒听得很认真，但总是听着听着就睡去了。她羡慕阿芒，他和她一样一无所有，却没有她那样多的思虑。

阿芒迟迟没有找工作，却立刻着手布置屋子。看得出阿芒对日常生活有着极大的热情，他不厌其烦地一遍一遍刷着网上商城，在里面寻找价格实惠又符合要求的家居物品和壁纸，快递一个接着一个往家里送。阿布每天晚上下班回来，家里的样子都会改变一点。原本毛糙的墙壁贴了浅花纹的墙纸，茶几上盖着极简风格的桌布，地板铺上灰色短绒地毯，放置着一个巨大的懒人沙发和几只矮脚凳。此外，家用电器也在一件一件配齐。某个周日，阿布从午后的昏睡中醒来，起身去厕所，猛然呆立，误以为自己在一个陌生的地方。这里和她刚刚搬进来的样子已经截然不同。她四处检查，发现阳台上少了一盆小小的芦荟和一只仙人掌，她跑到床边推醒阿芒："阿芒，阿芒！"

　　"怎么了？"阿芒迷迷糊糊地嘟囔着。

　　"家里怎么这么不一样啊。"

　　"喔……"阿芒在被窝里舒展身体，短促地笑了一声，依然闭着眼睛，"你怎么才发现，你天天都住在这里啊，我的阿布真是迟钝。"

　　"不好吧，这么大改变，要是房东来了，他们都认不出来。"阿布说。

　　阿芒已经醒来，他坐起身子看着阿布说："他们应该高兴吧，我这样收拾一下，这个房子要是再租出去，说不定能涨两千块。你看你看，"他伸手胡乱地指了几下，用夸张的语气说道，"多么现代，多么舒适，就像高级公寓一样，我都佩服我自己有设计师的天赋。而且，房东怎么会来？他们来干

36

吗?"阿芒一口气说了许多话,起身去找水喝。

"可是,你把人家的仙人掌和芦荟丢掉了。"

"芦荟……"阿芒咕噜咕噜喝着水,"原来那是芦荟啊,我第一次见到,还以为也是仙人掌。"

阿布不说话。

"你到底在担心什么啊?"阿芒走向阿布,手臂绕住她的肩膀。

"我总觉得他们随时都会过来。他们就住在隔壁小区,这两个小区连着,连围墙都没有。"阿布说着,不由自主地看向窗外。

"以前我怎么没发现你有这么多心思?他们过来就过来呗,有什么?"

"我说自己一个人住。"

"他们还管你带不带男朋友来?"

确实如此,阿布心里也明白这个道理。只是老夫妇给她留下的印象,总让她感到内心不安。那种不安起初只是隐隐存在,但随着时间一天天流逝,它们就像沙子底下覆盖着的贝壳那样渐渐显露出来。她似乎在哪里见过这样的一对夫妇,又似乎曾被这样的一对夫妇邀请过。他们对她的期望不仅仅只是想要她来家里做客吃饭,而是想要和她有更深的联结。可是,阿布住在这里一个多月,那对老夫妇始终没有联系过她。阿布的直觉告诉她,老夫妇一定会来。他们究竟想要什么呢,阿布的脑子里浮现出一些莫名其妙的画面:她提着礼物走到老夫妇的家里去,他们一桌吃饭,一起欢笑着谈天,一起洗碗、晾衣服……她的内心因为这些画面变得沉重起来。她突然想起有一回自己坐地铁，有个老妇人一直盯着她看，最后对她说："你要笑。"

"什么？"

"你要笑，知道吗？"那老妇人对着她咧开嘴，仿佛在示范如何做出笑容。

阿布不知道这是什么缘由，但是咧开嘴对着老妇人笑了。她尽量笑得灿烂。

"对，就是这样。"老妇人满意地说，"笑才好看，知道吗？"

"阿布确实是很讨人喜欢啊！"阿芒说，他半个身子陷在懒人沙发里，刷着手机。

"什么？"阿布莫名其妙。

"我说，你讨人喜欢。"阿芒扬扬手里的手机。阿布急忙过去看，原来阿芒在和他妈妈聊天，聊天记录里有一张阿布的照片。

"你把我照片发给你妈了？"阿布问。

"对啊，怎么啦？你们又不是没见过。"阿芒说。

阿布确实见过阿芒的妈妈。两年前她去义乌出差，三个人一起吃过饭。那时候阿布和阿芒刚在一起，但阿布并没把这顿饭当一回事，她甚至不知道，两年之后自己还会和阿芒在一起。关于阿芒妈妈的记忆早已模糊了，阿布不无忧虑地问："那么，你妈妈知道我们住在一起了？"

"对啊，她还让我给她看看这个房间的布局。她说，搬新家，过去的洋娃娃之类的东西都要丢掉，以防带小人进门。"

"这算什么搬新家啊，这可不是我们的房子。"阿布有些不高兴，无论是对于"搬新家"，还是对于"洋娃娃"的论断。

"我觉得已经很好了。"阿芒说着，手里的手机振动起来，是阿芒妈妈打了视频电话过来。阿布躲到一边，在矮脚凳上坐着，漫不经心地滑动手机，耳朵却仔细听着。阿芒妈妈的声音在一片杂音中响起来，在这个安静的房间里却格外清晰。

阿布听不懂。浙江的方言难懂，而义乌的方言格外难懂。她只听见阿芒和他妈妈两人叽里咕噜说了一通，于是小声念了一句："你们这是在说哪国的话？"电话那边却笑起来了。阿布再抬起头，阿芒已经将手机对准了自己，用普通话说："这是阿布。"阿布一时陷入慌张，但很快便镇定下来，挥手向手机屏幕打招呼："阿姨您好！"

"你好。"阿芒的妈妈笑着，阿布突然看清，阿芒妈妈的身后挂着一排排巨大的乳罩。阿布吓了一跳，连忙把手机移开，让屏幕对着阿芒。然后一边打着手势一边发出气声问阿芒："你妈，背后那些胸罩？"

阿芒没有回答，跟妈妈又聊了几句便挂了，随后才说："你忘啦？我妈开内衣店的。"

"噢……"阿布并没有记起什么，仍在余惊之中，又想起来问，"可是那胸罩也太奇怪了。"

"怎么奇怪？"

"太大了。"阿布说着,用手比画出一个大圈。

"噢,那是卖给非洲人的。"阿芒笑起来,"你不说我都没发现,我从小看惯了。"

阿布还处在恍惚之中,倒不是多吃惊阿芒妈妈身后那一排排胸罩,只是第一次感到自己进入了阿芒的生活,或者说,是阿芒和他妈妈进入了自己的生活。她穿着睡衣,头发凌乱,在自己的住所之中,阿芒妈妈突然出现在眼前,看见自己的全部;而阿芒妈妈也毫无保留地让阿布看见了她,她背后那一排排乳罩,她端着的半碗盒饭和嘴角的饭粒。阿布想到阿芒和妈妈热络的聊天,屏幕中那家嘈杂的内衣店,感到自己负担重重。她并没有想过和阿芒结婚这种事情,当然,倒不是说她反对结婚、不愿意结婚,只是她自然而然和阿芒发展到了这一步,却还远远没有到达那一步。而且,她也不愿意把自己和阿芒的亲密关系,衍生到他母亲身上。阿芒的母亲对于阿布来讲,只是一个陌生人而已,而这个陌生人,却要求看她家的布局,还叫她把洋娃娃丢在外边。

阿布觉得不开心。同时她想到,阿芒已经和自己同居一个多月,却还没有提起要分摊房租这件事。

阿布这一天的工作,是体验静安区十家网红甜品店的环境。她和三名小组员工一起,要在一天之内,完成到网红店试吃、拍照、写文案以及编写和推送微信的一系列工作。由于住的地方交通便利,阿布八点才起床。将一天的工作内容列进备忘录之后，她洗漱、化妆，因为将要吃大量的甜品，阿布没有吃早饭，空着肚子去挤地铁。

阿布为一个美食公众号工作，所有的工作内容都围绕食品进行。阿布的朋友圈里全是关于美食的图片，常常招来朋友的羡慕，但只有阿布自己知道，因为不规律的饮食和作息，阿布的胃已经坏掉了。朋友聚餐时，阿布常常得先吃两粒胃药才能进食，而吃下去的食物，不久之后又会沿着喉咙往上涌，一半都被阿布悄悄吐在了纸巾里。阿布又时常感到饥饿，有一回在冬天的夜晚，阿布从公司加班回来，在离家五百米的地方，她突然走不动了，感到浑身没有一点热量，只得裹紧外套，摸着墙壁走到最近的一家烧卤店，买下了一整只烧鸡。在寒风中，阿布一边慢吞吞挪动步子，一边龇着牙撕扯烧鸡，仿佛这样就能让微弱的力量一点点重回自己的身体。

阿布此刻在地铁上，瘦瘦小小的身体在人与人之间的夹缝中晃荡着，她又一次感到饥饿。她摸摸口袋，口袋里的手机在振动着，是姨妈。

"阿布。"电话那头传来姨妈爽朗的声音。

"姨妈。"

"吃了早饭没有？上班没有？好久没和你打电话了。"姨妈说。

"嗯嗯。"阿布回答着，又什么都没回答。

"你搬家了吧？我听你爸爸说了，新环境还好吗？租金贵不贵？怎么也不跟姨妈说呢？姨妈还想去看你呢，给你做做菜，养养胃……"姨妈一口气不停说了许多。

"哎，姨妈……我地铁上呢，手机都要挤掉了，现在下地铁不说了啊，一会儿有空跟你说。"阿布说着，挂断了电话。心下疑惑，父亲什么时候知道了自己搬家的事情，回忆许久，才想起来搬家那天，自己正指挥搬家师傅开车的时候，父亲曾打来一个电话，而自己说搬家正忙，便把电话给挂了。

阿布的母亲在阿布很小的时候就因意外去世了，父亲不久之后便再婚，生下一个弟弟。阿布童年时期有一段时间跟着姨妈生活，所以阿布和姨妈亲近，只是后来阿布大了，姨夫似乎不愿意让阿布住在家里。况且，姨妈家里也有个小霸王般的表弟，阿布便搬了出去，和外婆住了两年。再以后，阿布便开始在学校寄宿的生活。渐渐地，阿布和姨妈也疏远了，和父亲的关系就更不用谈。不过近两年，姨妈却和阿布联络得密切起来，时常在电话里数落表弟的不争气、叛逆、考不上大学，在一个专科学校里混日子。又感慨阿布的乖巧，细数阿布小时候住在家里，自己是如何地照顾。

阿布听着这些，倒不是无动于衷，却也有些许厌烦了。虽然地铁上正饿时，姨妈说起自己做的菜，阿布有些嘴馋——姨妈做得一手好菜，可阿布现在的胃已是无福消受。阿布这一天回到家已是九点，也不算太晚，开门之后，屋子里亮堂堂，所有的灯都开着，狭小的几间屋子里油烟弥漫，阿芒正在做菜。

"我现在在焖牛肉，明天吃。今天你先吃桌上的冰糖雪梨吧，特地给你做了养胃的。"

阿布走向阿芒，环抱了一下他的腰，随即端着那碗冰糖雪梨进了卧室。她坐在床上，舀了一勺汤送进嘴里。阿芒的手艺应该是好的，可她只觉得嘴里甜得发腻，就连牙齿都像是被厚厚的一层糖包裹着，变得酸软无力。正是这时，手机屏幕亮了，是支付宝的提醒，收到一笔转账。阿布打开一看，姨妈转了五千元过来，附带一句话：吃好喝好休息好。阿布才想起，自己没有给姨妈打电话。阿布的目光长久停留在五千这个数字上。五千块差不多是姨妈两个月的退休金，对自己来说也是一笔意外惊喜。姨妈好久没有这样大方。阿布回忆起上一次姨妈赠予自己礼物，还是她小学毕业时，姨妈给她买了一双彩虹色的凉鞋。她很珍惜地穿着，不到一个星期，鞋面却断了。阿布懊丧不已，胆战心惊地拿着鞋给姨妈看，姨妈倒半点也没有责怪，只是自言自语："几块钱的东西就是不好。"姨妈全然没有想要修复那双鞋的意思，转手便把它丢进了路边的垃圾桶。

在阿布搬进新居的第四十八天，她终于接到了房东的电话。阿布看见来电显示，心脏突突地加快了跳动，又像接受宿命一般有几分安心。房东要和自己说些什么呢？

"阿布。"是老妇人的声音，哪怕只是听见声音，阿布也知道她在笑。

"阿姨好。"

"住过来一个多月了，住得还习惯吗？"

"习惯的，阿姨的房子很好。"

"阿姨最近啊，身体不好，叔叔又腰痛，所以没有请你上家里来吃饭，你微波炉买好了吗？洗衣机买好了吗……"

"嗯……"阿布含糊地应着，心里飞速地对老妇人的话做出种种推测，排列组合着。身体不好、腰痛、吃饭、微波炉、洗衣机……

"过几天，天气好，请你来我们家做客，好吗？"老妇人说。

"啊，好的。"阿布很快回答，"过几天"的事情，可以"过几天"再说。

"还有，小区新换了门禁卡，我去领过了，今天你下班，我给你送去吧。"老妇人说。

"不不，阿姨……我今天要加班，回来太晚了，你那时候也该休息了，门禁卡我不着急，小区门平时都开着，过几天我去您家里拜访，顺便就拿了，不麻烦您跑一趟。"阿布说完，暗叹自己反应快，不过这样一来，"过几天"这事儿，就确凿了。

这天夜里，阿布在床上翻来覆去，身体已经陷入极度疲劳，开始发热，大脑却活跃着，始终难以入睡。阿芒在身边鼾声大作，阿布莫名生出一股怒气，把他推醒。

"你说我哪天去房东家好呢？周六？周日？上午去还是下午去，我带点水果可以吧？"

"什么啊。"阿芒在半睡半醒中嘟囔，阿布又把刚才的话说了一遍。

"大半夜的你怎么在想这种事？快睡吧。"阿芒伸手去揽阿布的脖子。

"我睡不着。"阿布有些无奈。

"怎么啦?"

"我不舒服。"

"哪里不舒服?"阿芒胳膊支起身子,打开夜灯。微弱的灯光下,阿布的五官陷在阴影里,眼窝凹下去。

"想到要去房东家里,我不舒服。"

"那就不要去啊。"

"怎么能不去,有什么理由不去?"阿布有些恼火,从床上坐了起来。

"有什么理由一定要去?"阿芒感到莫名其妙,也坐起来。

"你怎么什么都不懂呢?"

"我不懂什么?"

阿布明白再说下去也是徒劳,阿芒不能理解她的想法,然而她又理解自己吗?一定要用语言梳理的话,她害怕的或许是房东对自己的期待,抑或是与陌生人的交往,又或者一种被动形成的亲密关系。可是,那对老夫妇真的会对她有所期待吗?

阿布自己也判断不了。阿芒翻身避开夜灯的光亮,再次睡去。阿布突然厌恶阿芒熟睡的脸,她把灯关了,一个人坐在黑暗里。

周六的早晨,阿布站在阳台上望着窗外发呆。她看了看手机上的时间，八点。十一月的晨风中有了秋天的寒意。备忘录上记着老夫妇的门牌号码：新义小区，2404。阿布看着这奇怪的门牌号码出神，老妇人的一张嘴在脑中浮现，反复念叨着：新义小区……2404，新义小区……2404。阿布拿起笔，在2与4之间画了一道横杠。2-404，这样才对。她又看了一眼时间，只过去三分钟，此时去仍是太早，算上去超市买礼品的时间，九点半出门合适。阿布心里盘算着，阿芒已经比往常提前起床，一边刷着牙一边走到阳台。

"这么早就起来啦？"阿芒问阿布，嘴里牙膏泡沫星星点点飞到空气里，"我一会儿去接我妈，你就在家里收拾收拾吧！"

"什么？"

阿芒嘴里的泡沫向外溢出，急忙跑去洗手台吐了。漱口之后，阿芒清晰地说："我一会儿去接我妈，你在家里稍微收拾一下，自己衣服穿好。"

"你妈来了？"阿布难以相信。

"对啊，不是跟你说过了吗？"

"什么时候？"

"火车九点半到虹桥。"

"我说你什么时候跟我说过？"

"那天跟我妈视频时我们一直说这件事……"阿芒说完，做出恍然大悟的表情，"我忘了你听不懂我们的方言。"

"你妈要来我们这儿吗？"阿布想说"我"，话出口时还是用了"我们"。

"对啊，她一直想来看看我住的环境。"阿芒这时候倒是用了"我"字。

"她是客人。"阿布说，心里想着另一句话，"你也是客人。"

这句话让阿芒摸不着头脑，但他想了想便回答："对啊，中午我们外面吃？还是自己做饭？"

阿布不再说话，她转头看着窗外，关门声响起，阿芒已经急匆匆出门去了。一分钟之后，阿布在阳台上看到阿芒的身影渐渐走出小区。八点钟，小区里有了早晨的生气，花草上的雾气还未完全散去，广播里在播送妇女健身操，小孩们尖叫吵闹，老人大声呕着，像是要把五脏六腑都吐出来……对面四楼和六楼养的八哥被挂在窗外，一唱一和；一只橘猫和一只三色花猫跳到了二楼楼顶的晒台上，远远观望着笼子里的鸟。起初不仅是房租，也是这些生气吸引了阿芒住在这里。阿芒喜欢这些，但只是喜欢远远地看。

阿布突然觉得自己看见了房东夫妇——在楼下空地来回走动的那些老人中间。

一对老夫妇，不，还有一个人。老妇人推着一把轮椅，轮椅上有一个人，那人戴着帽子，歪着脑袋，看不见脸。阿布向窗外探出身子，试图看得更清楚一些。那是房东夫妇吗？的确很像，发量稀少的头顶，灰白的短发，毛衣夹克……只是许多老人看起来都是这模样。阿布从高处只能看见他们小半张脸的轮廓，她把她所看见的和记忆中只见过一面的老夫妇进行比对，却使得自己对老夫妇的记忆也模糊了。

这一刻她心里的疑问只集中在那个坐轮椅的人身上，他会是谁？假设她看见的两人是房东夫妇，那么轮椅上是他们的儿子吗？还是他们更加年迈的父亲或者母亲？阿布想着，推着轮椅的那对夫妇在楼底停了下来，与人攀谈，他们一边聊着天，一边与经过的人们打招呼。大概这些人都是相处多年的老邻居，阿布出神地看着。突然，那位推着轮椅的老妇人抬起头，看向了阿布的方向。阿布心里一惊，躲避子弹般缩回脑袋，背靠窗户，脸色煞白。

阿布最终没能看清那老妇人的脸，而老妇人也没能看清阿布。

阿布失去了出门的勇气，她此刻极不愿意见到房东夫妇，但权衡再三，阿布还是决定主动出击。为了帮助自己下决心，她拿起手机，拨打了房东的电话。

……

"阿姨，我是阿布，我将会在十点左右……"

"阿布啊……"电话那头的声音疲惫却依然热情，"我正想给你打电话，你就打来了。"

"嗯。"

"阿布，叔叔阿姨这两天刚好有点事，要去做个体检。正想跟你说，我们改天约，好吗？"

"好。"

阿布挂了电话，长出一口气。门锁的声音响起来，阿芒回来了，带着他的妈妈。

阿芒妈妈进门便把一个红包塞在阿布手里。

阿布尴尬地推让着，阿芒说："你就接着吧！"

阿布手拿红包，一时忘记自己该做什么，三人面对面站着。阿芒环顾四周，突然说："说好了你收拾收拾，怎么没动，睡衣也没换，这么久你在家干吗呢？"

阿布只觉得难堪，竟忘了生气——这原本是阿布租来的屋子，她想怎么样就可以怎么样。而阿芒妈妈已经自己找到拖鞋换上了。她穿的是阿布洗澡时用的拖鞋，一边往里走一边数落阿芒，用的是普通话："你自己能干？一回来就数落别人。"她一边说着，一边对阿布微笑，并且已经在厕所找出了拖把。

"我来收拾就行了。"她说。

阿布只觉得浑身不自在，她走进卧室把门关上，脱下睡衣换上一套休闲运动装，一个念头冒出来。她推开门告诉阿芒，今天是她去房东家拜访的日子。

阿芒妈妈的脸色变得有些难看。阿芒问："一定要今天去吗？我跟我妈说好了晚上带你出去吃。"

"跟房东早就约好了，临时变卦不好吧，再说，他们就住在旁边小区。"

"那你去去就回来吧。"

"嗯。"阿布答应着，一边跟阿芒妈妈道了再见，一边出门去。下楼走到小区中间，每栋楼下都有大爷大妈坐着，阿布打量着他们：他们聊天、抽烟、打毛衣或是一动不动地发呆，几个两三岁的小孩子环绕着他们，蹲在他们身边玩玩具，像一幅市井生活图。但顷刻之间，他们都停下所做的事情，转过头看着阿布。阿布浑身一激灵，忙加快了脚步。她一向行色匆匆，从未在此驻足。这一次，失去了紧迫感的阿布，就像昆虫失去了保护色。

　　阿布漫无目的地沿着小区外的马路走着。这小区虽然靠近地铁和市中心，但由于年份过久，许多部分还保留着十几年前的样子。阿布经过一家棉纺店，又经过一家制作棕绷床的小店，这两家店都是集制作与销售为一体，阿布朝里边看，店里头的人正忘我地工作着：棉纺店里的女老板在弹棉花，棕绷床店里的小伙子在锯木头。阿布生出一种熟悉的感觉，在外婆曾经住过的一条老街上，也有这样一些店。她没有停下来，继续往前走。一个老头牵着一只狗快步经过了她，她看见那只狗一直往后拽着链子，做出半蹲的姿势，想要排便，但老头一直拉着狗急急地向前，似乎还未给它找到合适的排便地点。阿布挪开眼睛，看向别处。这条路真不是散步的好地方，每隔一阵，阿布就闻到狗屎味或是过路司机在墙角留下的尿骚味。

　　阿布不知道自己走了多久，但不远处就是安福路，那倒是一个好去处。阿布曾为安福路的几家咖啡馆拍过照，但那时自己全身心都处在紧张的工作状态中，从未好好坐下来喝点什么。中午就找一家咖啡店坐坐吧，阿布想着，口袋里的手机振动起来，是阿芒。

　　"怎么样了？差不多回来了吧？我们一起带我妈出去逛

逛吧?"

"还没呢,房东阿姨说留我吃饭,我吃了饭回来。"阿布说完挂了电话,径直走向一家咖啡馆。咖啡馆门口的花圃边蜷着一个灰扑扑的乞丐,突然朝阿布高高地伸出手。阿布慌忙在包里寻找硬币,指尖已经触到了坚硬的圆弧,硬币却被许多杂物卡着掏不出来。阿布心里着急,用力一拽,包里的东西撒落一地,都是些没用的零碎东西,纸巾、眼镜布、创可贴、出租车票……几个钢镚,一块、五毛、一毛,可怜兮兮在地上滚动了几圈,躺下。

阿布红着脸迅速地捡起自己的东西抓在手里,逃跑似的离开了。咖啡终究没有喝。

阿布盲目地在街边走着,不觉竟已到了晚饭时间。她依然步行回去,这一天她走了许多路,却没吃东西。

推开门的那一刻,她闻到煮面条的香味,屋子里传来笑声,似乎很热闹,但只有阿芒和他妈妈两个人你来我往地说着方言。

"浙江的方言真是有趣,两个人说话都能这么热闹。"阿布自言自语,像是被隔绝在另一个世界。

"阿布回来了?"阿芒妈妈先走出来问候,"吃饭没有?"

阿芒想说吃过了,但无奈肚子饿,实话实说:"没有吃。"

"下午也在房东家?他们是真想让你做儿媳妇了吗?"阿芒端着面条出来,又进厨房端出几碟小菜。

"下午是公司临时有事，我去看了一下。"阿布回答。阿芒妈妈对阿芒露出嗔怪的眼色。

"你们没出去吃饭？"阿布问，已经忍不住走到桌边。

"我妈说外面太贵，我俩就在家随便吃点，明天我们三个一起出去，再吃顿大餐吧！"阿芒说。

阿布点头，端碗吃面，突然想到一个问题："阿姨的酒店订在哪里？"

阿芒妈妈似乎有些脸红，又慌忙说："我住哪里都行，这旁边给我找个一两百块的酒店就行，八十块的旅馆我也住的。"

阿芒说："不是说好了嘛！在厅里铺张床我睡，你跟阿布睡卧室。"又对阿布说："我妈明天就走了。"

阿布低头吃面，许久，说了一句："阿姨怎么不多玩几天，明天几点的票？"

"晚上六点半的票，你叔叔等着我回去，他没人做饭。"

这一天夜里，阿布和阿芒妈妈睡在了一起。阿芒妈妈的身体又瘦又小，躺在被子里，就像不存在似的，但阿布还是尽量往床旁边靠。阿布连和母亲一起睡觉的记忆都找不到了。她直挺挺躺在被子里，一动不动，阿芒妈妈那边也是悄无声息。不知道过去了多长时间，阿布的后背出了许多汗，她估摸着阿芒妈妈已经睡着，便小心翼翼地翻了一个身。

"阿布……"黑暗中一个声音响起，是阿芒妈妈。

"啊……阿姨。"

"你也没有睡着吗?"阿芒妈妈问。

"嗯。"

阿芒妈妈像是松了一口气,自由地翻了个身。

"阿芒脾气不好,像他爸,但是人很好。"阿芒妈妈说。

阿布倒不觉得阿芒脾气不好,至于人好不好,阿布认为这也不是一个短时间能下结论的问题。

"阿芒很好玩,"阿芒妈妈像是想起了什么,自己先笑了起来,"他小时候会帮我们卖胸罩,你知道的,那些胸罩比他的头还大,小时候他到店里,就把胸罩顶在头上卖,有他在的时候,店里的东西都卖得特别快。"

阿布一愣,随即笑起来,一开始是小声地笑,后来越笑越大声,最后她笑出眼泪,不得不用被子捂住脸,整个身体在被子里抖动起来。

阿芒妈妈也被阿布的笑声感染,不停地笑着。阿芒妈妈和阿布,笑得就像两个在课间讲笑话的女中学生。笑着笑着,她们声音小下去,睡着了。

次日,阿布醒来,阿芒妈妈已经不在身边。阿布推门出去,厨房里冒出蒸汽,阿芒在地毯上裹着厚厚的被子蜷成一团。

"起来了!"阿布用脚尖碰碰阿芒。阿芒探出脑袋,手里拿着手机。

"原来你早就醒了，醒了居然也不起来？地上很舒服吗？"

"舒服，比床上好多了，今天晚上让给你睡。"阿芒笑着说，一边裹紧被子，蜷成一个球，在地上滚来滚去。阿布被逗笑，一时玩心上来，伸腿去踢阿芒。阿芒佯装惨叫，阿布就踢得更厉害。

"吃饭吧！"阿芒妈妈出来，朝他们看一眼。阿芒懒懒地不动。阿布转身支起了厨房里的小桌子。

"去哪里呢，今天？"阿芒妈妈端上一盘蒸包子。阿芒从被子里钻出来，走到桌边拿了包子，直接放进嘴里。

"没刷牙。"阿布说。阿芒摊开手，做出一个无所谓的表情。

"今天去哪里？"阿芒又问，面朝阿布。

"问我？"阿布反问。

"你才知道上海哪里好玩吧？"阿芒说。阿布一时语噎，因为工作，她确实跑遍了上海，但她自己从未觉得有什么地方"好玩"，而那些商场、网红店，似乎也不适合阿芒妈妈。

"我就跟你俩在家吧。"阿芒妈妈说，"上海我来过，外滩、东方明珠塔，人太多，小偷也多，我不出去了，我看见人多头痛。"

这是阿布想要的结果，阿芒似乎也很愿意。阿芒妈妈问两人中午想吃些什么菜，阿芒想吃螃蟹，阿布想吃田螺——但阿布知道上海这会儿并没有这东西，就算有，也不一样。阿芒打算陪妈妈去菜场买螃蟹，阿布不愿意出门，坐在家里。待他们出门，阿布手捧一杯开水，慢吞吞挪到阳台。不一会儿，阿芒和阿芒妈妈一起出现在楼下，阿芒在他妈妈身边，看起来立刻小了四五岁，就像个寒假回家的大学生。到底是什么地方和平时不一样？阿布也分辨不清。阿布的手机响了，是姨妈。

"阿布，你家地址发给我一个，我打车过去。"

"姨妈？"

"是姨妈，姨妈的电话都不知道了吗？我在上海火车站，还煮了田螺带给你。"姨妈旁边还有一个男人的声音催促道："别婆婆妈妈了，问地址，赶紧。"像是响应"赶紧"二字，电话那头响起两下尖锐的鸣笛。

"×× 路 ×× 号 ×× 栋 ×××，"阿布急忙答道，又问："姨夫也来了吗？"

"对。行，车开了，我们到了再说。"姨妈挂了电话。

阿布的耳朵里像是开过一列小火车。小火车隆隆行驶，发出巨大而持久的鸣笛声。对于阿布来说，不知从什么时候开始，姨妈只存在于遥远的童年记忆中，而现在她每分每秒都在逼近，姨妈的脑袋和刺耳的嗓音代替阿布耳朵里那一列小火车，轰鸣而来。关于姨妈的种种过往，阿布急需补课，但阿布翻开课本，张张都是白纸。

阿布来不及去想姨妈突然造访的原因，当务之急是如何解释与男友同居这件事。虽然多年不和姨妈相处，但阿布用脚趾头都能想象姨妈见了阿芒之后的发问，那些咄咄逼人又无法招架的问题此刻已先于姨妈而到来，飞速砸向阿布的脑袋。

阿布着手收拾阿芒的东西：枕头拿掉一个塞进橱子；阳台上阿芒的衣裤收起来；牙刷毛巾统统装在塑料袋子里，放进衣柜……好在阿芒刚来不久，屋子里属于他的东西本就不多。阿布很快布置好，突然又想起，来不及和阿芒串通，而即便与阿芒串通好，也无法请阿芒妈妈配合。阿布沮丧地坐在床边，她意识到，这一次必定要牺牲掉某些人的感受，而她在行动上已经选择了牺牲阿芒妈妈。她仿佛已经看见阿芒妈妈局促不安的样子，那画面让她感到浑身刺痒。至于阿芒，阿布想，他会有什么不快吗？她从未见过他难过的样子，她几乎能够预料到他的回应："有什么关系吗？那又怎么样？"然后嘲笑她杞人忧天。

阿芒上楼来了，楼梯被他踩得咚咚响，紧随着细碎的脚步声和塑料袋摩擦的窸窣声。钥匙旋转，门锁"啪"地打开。

"我姨妈来了。"阿布慌忙说。

阿芒还在发愣，阿布姨妈已经紧随其后到达。

阿芒、阿芒妈妈、阿布姨妈、阿布姨夫，四人面面相觑。

阿布只得一一介绍。阿芒妈妈是第一个做出反应的人，她立刻说："菜不够，我得再去买点。"说着转身下楼。阿芒妈妈前一天才到这里，此时俨然主人一般。阿布朝阿芒露出无奈的表情，而阿芒答："四个人也坐得下，就是挤一点。"

阿布和阿芒原先一直在厨房吃饭，厨房有只小折叠桌，刚好够二人使用。在五个人吃饭的情况下，折叠桌被搬到了狭小的客厅里。大家一起坐着，阿布占据一只桌角，把碗放在上面。阿芒母子与阿布的两位长辈初次见面，胳膊肘顶着胳膊肘、膝盖敲着膝盖、小腿挨着小腿。阿布姨夫匆忙吃了几口便到阳台上去抽烟。阿布姨妈扭着身躯，显出不适的样子。她想和阿布说话，却找不到机会。"你们家哪里人呢？"她最终对阿芒妈妈开口。"义乌。"阿芒妈妈回答。"做生意的？""对。""在上海买房了吗？"

阿芒妈妈的脸色沉了下去。阿布姨妈有些尴尬，但迅速换上了阴沉的面孔。

阿芒和妈妈留在客厅与厨房，阿布与姨妈待在了卧室。姨妈在卧室里问："谈了多久？""没多久。""那怎么连妈妈都到你这里来了？""人家来玩，顺便来看看。""女孩子，不好随便让人到家里，你怎么这么不懂事？"姨妈检视阿布的卧室，"他没住这里吧？""没有。"阿布立刻回答。姨妈说："你现在正是黄金期，好好挑挑，这一个，看起来并没有多好。"阿布不再说话。姨妈站起来，仍四处打量着房间，阿布的目光跟随着姨妈的目光沿着墙角的每一条直线游走。这屋子经过这样一打量，显得愈发陈旧、局促、单调……阿布的心情突然糟糕到极点。姨夫在阳台几支烟抽完，不知道自己该置身何处，只得踱回卧室。他个子高大，牢牢挡住窗外的阳光，张着黑洞般的嘴，问："租金多少钱一个月？"

"四千。"阿布回答了一个大概的数字。

"太贵了。你工资多少？"

"八千。"阿布回答。

"一半都花在房租上。"姨夫自言自语,又很快做出总结,"还不如回家,我们楼下那个小宋,毕业到本地银行工作,现在三十几岁已经做到了副行长。"

姨夫看着阿布,阿布只是点头,不知如何回答。姨夫又像是想起了什么,说:"现在年轻人在网上发发视频也能挣钱,做那个什么……主播,月入百万。"阿布仍点点头。说完这些,姨夫、姨妈、阿布似乎都找不到可以再继续的话题。阿布感到卧室的狭小,空气也随之变得稀薄,阿布和姨夫姨妈,变成一次性水杯里装着的三条金鱼,瞪着眼,无力地摆着尾,吐出一个又一个泡沫。

"以前我们对面住的张阿姨你还记得吧?"姨妈突然说。

"……"阿芒在记忆里搜索,张阿姨很快以生动的形象出现了。阿芒住在姨妈家时,张阿姨家总是非常吵闹。她是小学老师,家里常常有许多学生。张阿姨收费,学生们在她家里写作业、吃饭。阿芒也去过张阿姨家,她家里就像一间小而拥挤的乡村候车室。汗水和脚丫子的味道,在学生们都离开之后,依然留在张阿姨家里。

"她上个星期突然死了。"

阿芒瞪大眼睛看着姨妈。

"怎么呢?"

"心脏病,家里没有人在。儿子没出息,老公又勾三搭四。"姨妈说,愤愤不平地。

"你要想想自己的将来。"姨妈说。但阿布不明白,这些和自己的将来有什么关系。

姨妈沉默了一会儿，再抬起头时，眼里蓄着泪水："阿布，你一点也不关心姨妈，对不对？"

阿布看着流泪的姨妈，手足无措。一种强烈的厌恶感从阿布的胃里升起来，阿布想要呕吐。

有人敲开了门。是一个约莫五十岁的妇女，怀抱婴儿。

"请问您找谁？"阿布疑惑地问。对面的妇人上下打量着她，忽然满脸惊喜地叫道："你是阿布吧？"阿布还在疑惑，姨妈已经一边亲热地叫喊着老姐妹，一边从卧室里冲出来。"这是你刘姨。"姨妈搂住那妇女的胳膊，泪痕未干，一边向阿布介绍。

阿布只觉得自己身处梦境。她的头很痛。她想，自己大概是感冒了，或许是没有休息好。她蹲下身子，坐在地毯上。

阿布瞪着眼睛呆呆坐着。姨妈与旧友相见，脸上又恢复了神采，她拉着那位抱孩子的妇女，面对阿布站着，两人像相声演员一样对着阿布介绍："阿布呀，你不记得她了吗？"阿布看着眼前那位妇女，她让阿布想起许多人：幼儿园时期的老师、大学宿管阿姨、公司新招的清洁人员、老板的丈母娘……"阿布，你不记得我了吗？"那人笑盈盈地，像鹦鹉学舌那样重复，"我是以前住你家隔壁的刘姨呀，那时候你才这么高。"刘姨伸手朝前一比。

"巧不巧，你刘姨就在附近小区当保姆呢，所以我让她也来坐坐。"许许多多背景音响起。阿布歪着脑袋，仔细看那妇女的脸，刘姨，茫然地陷入记忆的迷雾里。但她并不在意眼前这个女人是谁，她认为这个女人和自己一点关系也没有，她完全不明白姨妈为何让这个女人来到自己家里，姨妈怎么能不经自己同意就让人来自己家里呢？阿布看着屋子里所有的人。他们在阿布眼前走来走去，发出气味和噪声，人挤着人。

"搬新家是应该要热闹的。"有人说。有人打开门，在门外贴上一个"福"字。有人找出扫把，去扫门顶上的蛛网。阿布仿佛又走进了早高峰时的地铁，她麻木地看着眼前的门开了又关上，关上又打开。周围面孔从熟悉变得陌生，又从陌生变得熟悉。他们吵吵嚷嚷，占据了阿布所有的时间与空间。

又有人敲门了。阿布透过猫眼向外看，在一个瞬间，门外的人和门里的人互不相识。

是房东夫妇。

阿布如同从梦中惊醒。她从未如此果决、拥有主见，她喝令屋子里的人都闭嘴，随后将阿芒与阿芒妈妈推入厨房，将姨夫推入洗手间，将姨妈与那名不明身份的妇女和她怀抱中的婴儿推入卧室，然后，将所有的门都关上。

安静了。阿布打开门。房东老妇人愉快地向阿布伸出手，展开手心。

"给你，门禁钥匙。"她微笑着，随后便侧过身子，擦着阿布的肩膀，挤进阿布身后的屋子。老先生也跟着进来了。他们站在小客厅的正中央朝上下左右各个方向看着，如同小学生进入天文馆。

"变化真大呀，都不像是我们家了。"老妇人用平静的语气感慨，依然微笑着。之后，阿布和老夫妇都不约而同地看向了紧闭的三扇门。阿布能够清晰地感到自己的心脏在用力敲打着胸腔。她为什么也要看着那几扇门呢，就好像她在里边藏了什么东西似的，但她只是控制不住，想要往那儿看。

"虽然一个人住着，但平时也要多通风才好。"老妇人朝阿布笑着，伸手转开了卧室的门把手。阿布瞪大眼睛朝里看，这一刻外边的阳光格外好，阿布的眼前都是一圈一圈的光晕。阳台上的花草散发出植物的香气，风将它送进来。老妇人朝里走，老先生也跟着她朝里走。

阿布跟着他们，眼睛看向他们所看的一切。房间里整洁、干净、空无一人。老妇人和老先生似乎十分满意。他们缓缓走出房间，又打开了厨房的门，厨房用具一尘不染，光亮如新。他们顺便把厕所也打开了，毕竟厕所就在厨房旁边。他们打开了所有的窗，这样就能通风了。阿布感到风从各个方向袭来，甚至从她的头顶和脚底。她此刻便是一只站在秋日麦田中的稻草人，微笑着呆立，看着这片麦田的主人站在他们的领地上。

"怎么样？我说了没事吧？"阿芒对阿布说，邀功似的。

"……"

"不过是住进来一个男朋友，又来了几个客人，你居然吓成那样。"阿芒说。

"脸色惨白，话都不会说了，我以为你要晕过去。我们又没有在这里制毒，又不是搞传销，你怕什么？"阿芒开着玩笑问。

"是吗？"阿布疑惑。她只记得那一天家里挤满了人，阿芒妈妈、姨妈、姨夫、抱小孩的刘姨，还有房东夫妇，门铃一再响起，陌生的人不断朝里走来，她想，或许还有居委会查户口的人，还有保安，还有协警……

"那么后来，后来怎么样了？"阿布问。

"你真的糊涂了？"阿芒一脸吃惊，伸出手摸摸阿布的额头，"你不记得那天的事情吗？"

阿布摇摇头。

"你说得没错，这房东老太太看起来真的很喜欢你。他们两夫妇人不错，看见我们屋子里人多，立刻动手收拾起来。原来他们家的床可以折叠，两个老人三下两下就把床收起来变成沙发，又去阳台上，不知道从哪里翻出来几张榻榻米垫子，总之他们像变魔术一样，把卧室也变成客厅了。"

"后来呢？"阿芒说的这些，阿布全不记得。

"后来当然就是大家其乐融融，欢聚一堂啦！"

"别开玩笑！"

"差不多就是这样。房东布置完就走了，大家坐了一会儿，也都陆陆续续走了。"

"走了？"阿布重复道，看向空空的卧室、阳台和厨房，似乎难以相信。

62

"对，你最近是不是工作太累了？多休息休息吧。"阿芒担心地看着阿布，又突然想到了什么，调皮地说，"对了，你不是跟房东说自己没有男朋友吗，所以我跟他们说我是你表弟，哈哈！聪明吧？"

阿布总算笑了一声，之后又默默不语，陷入沉思。阿芒坐在旁边看着阿布。阿布突然抬起头说："我要去房东家里。"

阿芒不解。阿布解释道："我上次没有去，我应当去看看他们，把周末的事情解释一下，家里突然来了这么多人……还是说清楚。"

阿布从沙发上站起来就走，阿芒只得随她去。

夜晚的灯光从小区里的各个楼层冒出来，一些人家的小窗口冒出雾气，那是炒菜的油烟。食材和佐料的味道在空气中飘散，阿布不禁停下脚步，向一个个昏黄的窗口看去。她看见人影攒动，一个肥胖的男人踩着拖鞋，摇摇晃晃地走向窗台，拉上帘子；一个蓬着卷发的妇女卖力地挥动着手中的锅铲，与她手中的铁锅激烈地碰撞出声响；一个小孩在抢另一个小孩的东西，大声叫喊着——阿布看不见他们，但能听见他们，包括他们的小脚重重地踏着地板发出的咚咚声。

阿布此刻觉得自己和他们亲近了许多，这些陌生人。

阿布穿过一栋又一栋冒着热气的居民楼，钻进一条黑漆漆的楼道里，她用力踏着步子上楼梯，头顶上方的小灯泡不断为她点亮又熄灭。阿布停下来，再一次打开备忘录，房东的门牌号赫然出现在眼前：404。

就是这儿了。阿布自言自语，伸出手敲响了房门。

一下、两下、三下。门迟迟没有开。阿布没有离开，因为她听见屋子里有声响。她想要离开，但又觉得屋子里的声响正是为自己而准备的。她不安地挪动双脚，又想要将耳朵贴在门上，好听见些什么。

终于，门开了。是房东夫妇，他们双双站在门口迎接她。阿布关于他们的记忆又回来了，因为他们就像阿布那天看见的一样，和蔼可亲，看起来有素质和教养，过着优越的生活，就连他们身上穿的羊毛衫也和那天一样。可当阿布走进屋子时，里面的布局却让她感到惊讶。

阿布恍惚中再一次走进了数月前的那间屋子，那间旧到看不出装潢的屋子，墙上的白漆看起来就像一张磨毛了的旧宣纸。这两处屋子看起来几乎一模一样，不同只在于，这屋子里的几扇门都紧闭着。阿布想到周末那一天，自己在房东到来之前，关上了每一扇门。

阿布知道自己想要藏起什么，那么面前这对老夫妇，他们也想藏着什么吗？阿布在静默中盯着那紧闭的几扇门。她想快步上前，将它们都打开，但理智阻止她这样做。

"坐吧。"老妇人说，"我给你倒杯水。"

阿布在一把木制靠背椅上坐下，这把椅子上盖着一条旧毛毯，上面还有温热的气息，阿布看见老先生站在一边，突然想到自己或许坐了他的座位。她环顾这个小小的空间，意识到自己正坐在这里唯一舒适的座位上。阿布站起来，接过老妇人递来的水。水是从茶几边的开水壶中倒出来的，白色的水汽升腾，手中的温度让阿布打消了立刻离开的念头，但她仍然无法控制自己不去看那几扇紧闭着的门。阿布的目光让老夫妇渐渐不安起来，他们的笑容僵硬地停留在脸上，以至于在数秒之后，阿布再次看向他们的脸时，他们无法及时传递出温暖的笑意。阿布看见他们原本的表情，在没有笑容的时候，他们的脸显得那样衰老、平庸、冷漠，甚至愁苦。他们并不欢迎阿布。为什么不呢？阿布是那样一个讨人喜欢的女孩子，他们曾说过要邀请阿布来家里做客，还说要帮阿布洗衣服呢。阿布沮丧到了极点。她心中突然涌起一些愤怒，她死死盯着被关上的房门，那里边究竟会藏着什么呢？一窝老鼠？一个残疾人？一帮穷亲戚还是一堆破烂？一个强烈的念头促使阿布将手伸向了门把，与此同时，她仿佛已经看见老夫妇惊恐的两张脸。她偏要打开这扇拒绝自己的门，哪怕里面正藏着一个长满触手的巨型海怪，会在她开门的那一瞬间将她撕成碎片。

"咚。"一个沉闷的声响，像是什么巨大的东西砸在了地面上。阿布触电一般停住，手指仍放在光亮的铜制门把手上。

老夫妇两人迅速地围过来，站在她的身边。

卧室里又发出声响，像是什么尖锐的东西滑过了地板，又像是人的喉咙里发出了怪叫。

阿布异常镇定，她再次握住门把。

老妇人拉住阿布，眼神里是热切，又是恳求："忘了提醒你，你住的那间屋子，门口的地板有点滑，原先的地垫可不要拿开。"

阿布点点头。

"还有，有个台阶，你出门往下走第七级。那缺了一块，后来补的不好，容易踩空……"

阿布又点点头，转头向老夫妇示以微笑，随即旋开把手，推开门。

"回来了？"阿芒问。

"嗯。"阿布有气无力地回答。

"怎么样？"阿芒问。

"还好吧。"阿布回答，"就是有点累。"

"累？"阿芒惊讶又好笑地看着阿布，"他们让你干苦力了？"

"算是吧。"阿布笑了笑。她回味着自己打开门之后看到的那番景象，那一切都是情理之中的事情。阿布以后或许会时常想起那一刻，她介入了他人的生活，她创造了阴影和忧虑，但她像个快乐的罪犯。她为自己的快乐而感到安心。不过，她面前仍站着一个看起来毫无烦恼的人。

"阿芒。"

"嗯？"

"我觉得你该去找一份工作，而且你已经欠我好几个月的房租了。"阿布说，"此外，你妈妈是个很不错的人，不过希望她不要再来这里了。"

　　阿布喜欢看阿芒惊讶的表情，同时她已经迫不及待地拨打了姨妈的电话。

島上故事

夏天快要结束时，我和几个朋友组织了一次短途旅行。我们决定去一个人迹罕至的小岛上过几天，这里说的"人迹罕至"，并非许多文学作品或是影视作品中呈现的那种状态——荒凉、孤绝，人们不知道在那儿会出现什么陌生的动植物甚至怪物之类的东西，因此也充满冒险的可能。我想那种地方在现实中仍然存在，但我和我的朋友们都是极为普通的人，没有多余的金钱和力气去寻找那样的地方，我们要去的只是一处荒废的度假村——一个因为规划失败、缺乏营销、没有娱乐项目和特殊景点而被大众消费所抛弃的地方。

这地方离我们所在的城市很近，只是因为长时间被遗忘，并没有人为去那里规划出一条便捷路线，所以我们不得不坐火车，再乘坐大巴，最后还步行了一段时间才到达目的地。在这辛苦的过程中，我们已经为这草率的决定感到后悔。当大家想找个人埋怨时，却都想不起一开始到底是谁提出了这个计划，只好埋着头默默忍受着。我们的生活中充满了这样的时刻，连出去旅游也不能幸免。我仔细回忆，只记得我们的初衷是找一个人少的地方待着，没有那些花里胡哨的消费明目，也不用人挤人。于是便有人恶作剧一般提出了这个方案——到这座被抛弃的岛上，它边缘到没人记得它的名字。

它被简单地称为——"岛"。

　　或许是路途的辛苦让我们降低了期待值，在真正到达岛上的时刻，我们都感到轻松而惬意。这里的环境非常好，空气清新，四处都是高大的树木，我们甚至没有看见一条公路，只有几条小径隐现在一片绿色之中。在岛的入口处，一位清瘦的中年男人接待了我们，他是我们将要入住的那家民宿的老板，也许也是这座岛的管理人员。他裸露出的皮肤都很苍白，嘴唇也没有什么血色，显然是缺乏阳光照耀的人；他的眼睛像深潭里的水，偶尔反射出粼粼的光，看不出情绪。他和他所在的环境完全融为一体，带着湿漉漉的寒意。对于我们的到来，他完全没有表现出热情，我们并没有为此感到不适，毕竟，来这里旅行消费很低，他给我们开出的住宿价格也低到令人难以置信，我们此行一共五人，在这里住两天的价格大约相当于在城市里吃一顿海鲜自助的花销——同时他还得担任我们的向导。想到这些，我甚至有些不好意思，像是占了他便宜一般。他看起来确实并不快乐，我猜想他可能不喜欢这份工作，但也干不了别的——他的性格看起来并不适应社会，他也许是当地居民的后代，祖祖辈辈都在这里，到这一代只剩下他没有离开，因此政府部门安排他在这里管理景区的人员，每个月拿一点固定工资，我们的到来或许并不能让他挣到什么钱。
　　关于这个男人，我的想法可能太多了，这很正常，我写小说，有观察人的习惯，对于我来说，这也是排解日常生活寂寞的一点乐趣。和我同行的几位朋友，有两位是我大学时期的同学，我们都在中文系度过了漫长的七年，现在其中一位在工作几年之后又回到学校读博士，我们叫他"大何"；而另一位则在高校里谋得了一份稳定的行政工作，姑且把他叫作"老张"。还有两位都是我在工作环境中认识的朋友（我从事出版行业），一位曾是记者（不久前因为身体原因辞职）——"李"；另一位做过编剧，现在是 freelancer，她叫莉莉。我在观察带领我们的中年男人时，也给他起了一个名字——獐。不知道为什么，他让我联想到这种动物。獐是一种小型的鹿，只是无论雌雄都不长角，据说是最原始的鹿科。当我在观察獐的时候，我的朋友们都已经进入了兴奋的旅行状态，他们戴上遮阳帽——尽管无阳可遮——东瞧瞧西看看。路的两边是各种植物，大何和老张调动平生对植物有限的了解，争论着它们的科属，猜测这岛上可能会有的动物。莉莉偶尔加入他们的话题，问这里有没有松鼠。李则打开了手机里识别植物的软件，四处拍照。

经过不远的路途，我们到达了这岛上的唯一一家民宿。这地方和我想象中差不多，它只是一户普通人家，几间平房，一个开阔的院落，院子里的一切都传达出主人生活的单调，除了一些陈旧的日常物品，这里没有任何装饰物，并且空无一人——就连獐在带领我们进来之后也消失了。他大概有别的事情要忙。我们并不在意，很快就开始探索这个新环境，就像我们平时在城市里玩"密室逃脱"游戏那样，我们对这无人看管的地方感到好奇。我们小时候总是趁大人们不在时拉开他们的抽屉，现在，我们也拉开一扇又一扇不上锁的门。很快我们发现了住宿的地方，那是一间很大的房间，看起来像是几间屋子打通，或许曾经是仓库之类的地方，里边错落摆着几张床铺。我们简单分配之后，放下背包各自走出屋子，继续探索别的房间。

我意外地走到一个屋子里，它看起来像是主人的住所，但屋子里有些东西让我感到意外：在一排衣架上挂着许多女人的衣服，它们夹杂在少数男人衣服中间，那些男人衣服显然属于我见到的那一位，它们的样子都差不多，灰白色，干净陈旧，但那些女人的衣服……我走近看，确切地说，那是属于少女的贴身衣物，它们在阳光下显得那么纯净、柔软，散发着主人的气息，仿佛主人留下了一部分灵魂没有带走，使得它们也拥有了生命。我环顾这间屋子，屋子里的陈设与外部所见同样单调，却让人感到一种浓烈的属于欲望的气息。或许这气息正来自这令人遐想的组合——美丽芬芳的少女的衣物，和这样一个阴冷、苍白，看起来柔弱又神经质的中年男人的衣物摆放在一起。这屋子里充满了奇异的香气，与外面大自然开阔、流动的气息不同，这里是半封闭的，混杂着生命和温度。我不禁对这些衣物的主人感到好奇，我十分想要知道，穿着这些衣物的少女是否如我此刻感受到的一样洁净美好，而她又在这里做些什么。

我怀着这样一种心情走出了这间屋子，不知不觉间内心充盈着期待，我预感这里会是一个有意思的地方，这就是我想要的旅行，景色、事物和人，总要有脱离常规的部分才会有趣。我站在院子里向外看，周围不远处群山环绕，我的朋友们看起来也都心情愉悦，虽然这个岛并不大，却足够我们探索。李从上衣口袋中掏出他的小本子看了一眼备忘录，然后告诉我们，这座岛上还有一条小河，我们可以在这条小河里划船——这是岛上唯一的娱乐项目。"那么明天我们就去划船吧。"莉莉说。大家都表示同意。

　　我期待着那位少女的出现，可这天下午一直到晚饭时分，我们没有见到任何人，就连管理小岛的中年男人都没有再出现。起先我们有稍许懊恼，好在我们都在背包里带了一些食物。从院子里，我们找到了一个小炉子和一把开水壶，大何和老张在旁边的林子里一起捡了一些干树枝。当火焰升起来的时候，我们的心情又变好了。我们很快把这些体验当作旅行的一部分。确实，我们并不需要那个阴森孤僻的男人来给我们提供什么服务。我们围着火焰坐着，周围更显出一片黑暗。头顶上星星很亮，我很多年都没有见过这样多、这样亮的星星了，上一次恐怕还是我八九岁时，跟随父亲去往一个少数民族的村落小住。说起来，我此刻经历的这一切和那时候颇为相似。那也是一处荒僻的地方，没有公路，也没有超市，我住在那里的几天吃的都是当地居民自己种出来的蔬菜。

食物里没有香精和调味料，我吃得不多，总是饥肠辘辘。在那里，就连电视机也收不到信号，因此我只能对着农田、烈日、云和山坐着，到了晚上，巨大的蚊子绕着我的头顶转着，发出嗡嗡声。那是我极为乏味的一段童年经历，但有一件事情令我惊喜，便是到了夜间，置身星河一般的感受——我从未见过那样多且亮的星星。

我和我的同伴们对星空发出赞叹，李和莉莉试图用手机记录下这美丽的景象——当然是徒劳的，他们拍下的照片里一片漆黑，和眼前所见大相径庭。我们意识到当下所应该做的只是用眼睛去看，感受并记住这一刻。即便夏天没有过去，我们围着炉火，仍然感到后背的凉意。过了一会儿，我们用烧开的水冲了几盒泡面，狼吞虎咽地吃着。吃完之后，大家都显得疲劳。手机信号很弱，我靠在小小竹椅的椅背上，伸直双腿，发着呆。随后獐突然在我们中间出现了。

"明天早上八点，会有人来带你们去划船。"他不紧不慢地说，说完便转身离开。

"我吓了一跳。"莉莉在他走后抱怨，"这人是什么时候出现的，一点声音也没有。"她捂着胸口，显出心有余悸的样子。

没人接莉莉的话。于是这个话题就此结束。我能察觉到大家都不喜欢獐，但那又怎么样，我们不过在这里住两个晚上就回去了，他和我们毫无干系。我看见獐朝着他自己那间屋子走去，不知道从什么时候开始，那间屋子亮了灯。我想，明天要带我们去划船的，一定就是那个女孩了。那么她现在在哪里？我环顾四周，视野内并没有其他的房屋，出岛就是绵延数公里的公路，她也不太可能明天一早从别处赶来。我又重新看向那间向外散发出暖黄色灯光的小屋，我期待我能看到，或是听到什么，但什么也没有，我又和伙伴们聊了会儿天，再去看时，那屋子里的灯已经熄灭了。

　　夜里，我闭着眼睛回顾这一天中发生的一切。这是我的习惯，往往当纷繁复杂的记忆碎片在脑子里开始无序组合时，我便会昏昏沉沉地入梦。但这一天夜里，我想着岛上这一切，却觉得大脑越来越清醒，这清醒让我烦躁不安。我想找出令我失眠的源头，或许是岛上的空气太凉了，我感到它们从我裸露的皮肤表面往里钻去，这些凉丝丝的东西刺激着我的神经。刚睡下时窗外很暗，渐渐却亮了起来，我知道那是月光，同时我的眼睛已经适应了黑暗。我听见同伴们的呼吸声此起彼伏，他们都睡着了，只有我醒着。月光透过窗玻璃折射在屋内，树的影子在四处摇晃，不知名的虫子们在叫着，我看向我那几个睡着的同伴，他们的面目显得扭曲可怕。我不敢再看向别处，我不知道那无数的阴影中还藏着些什么，我将脑袋缩进被子里——我小时候总是这么干，长大以后我很少为那些看不见的存在感到恐惧，但那种感觉在这个夜晚又回来了。我内心的恐惧不断增长，我在被子里发抖，我知道自己有多么渺小，周遭的世界有多么庞大，我什么都不是。汗水从我的额头滚落到枕头上，很快，我身下的床单也被汗浸湿了，我为我的愚蠢和怯懦感到自责，但我毫无办法，我的意识逐渐在精力消耗中变得模糊，在模糊中一个个念头渐渐升起。在窗外由明入暗，又由暗入明的过程中，我总算在晨曦里挣扎着陷入梦境。

　　第二天是一个好天气。阳光正好，我和同伴们都换上了干净的衣服，带着草帽、墨镜等一切户外活动所需的小玩意儿出了门。但我们迟到了，迟到了将近两个小时。我们在早餐时吃的仍旧是自己带来的东西，于是我们一边声讨着獐——这个怠慢我们的生意人，一边论述我们迟到的合理性。

　　早餐过后，我们前往约定的地点。獐没有出现，等待我们的果然是一个女孩，在看到她的那一刻，我的同伴们都愣住了，她毫无修饰，却美到令人讶异。她的眼睛纯净得令人不敢直视。她和獐对人的态度也不同，她虽然也不怎么说话，但总是笑着传达出善意。那女孩在大太阳底下站着，戴着一顶巨大的竹编帽子。想到让这样一个女孩在太阳底下等待了两个小时，我不禁有些愧意，她正是我昨天想象中那样美好的样子。

　　除我以外，其他人看起来也对这个女孩的出现感到十分意外，或许可以解释为，这样一个女孩出现在这样一个地方，做着这样一件事情——这些让人感到意外。这并不符合常理，我们所见过的女孩，在这个年纪，多少能够让我们从外表做出一些推断。她看起来十五六岁？也或许能有二十岁，这个年龄段的女孩通常都在学校里念书，我们只要从她的言谈举止和装扮上便能窥探知她们的性格、家庭，她们穿着校服或是休闲服，化妆或是没有化妆，发型是出自高级美发店或是母亲手里的剪刀，她们的运动鞋上是否有 logo，是奢侈品还是便宜货，她们的手机壳上是哪一位明星的照片或者是哪一款动漫的周边，她们……她们是机敏好胜，还是呆钝懒散；她们是乐观开朗，还是阴郁自闭……但眼前这个女孩，我们无法从她的外表和言行上做出任何判断。这样一个处于美好年纪又有着美好容貌的女孩，在这样一个荒僻地方，朴素简单得像是不属于人群，也不属于这个时代，但她又分明和这周遭的一切融为一体，正如那个阴郁的獐一样。他们就像是同一片森林里生长出的两种不同的植物。她对于等待我们两个小时之久这件事没有表现出任何不快，只是微笑着。

在船上，大何、老张和李三位男性明显兴奋起来。显然，美丽女性的出现使他们得到了意料之外的快乐。他们兴奋的共同表现是变得话多，大何开始滔滔不绝地赞叹这一环境适合隐居，随即引出了从古到今的许多典故。他讲到魏晋南北朝，老张也加入他的话题。当他们说起阮咸因为喜爱姑母的婢女，不顾自己穿着丧服仍骑驴去追时，两人夸张地哈哈大笑。我下意识地看向奋力划船的那个女孩，上午十点钟的太阳让她光洁的额头渗出细密的汗水，她的脸颊变得粉红。女孩也在微笑着，但似乎并不是为大何和老张的故事而笑，她出神地看着流水中的某一处，仿佛看到与听到的是和我们不属于同一个世界的事物。因为没有得到假想听众的反馈，大何和老张渐渐累了，声音低下来，有一茬没一茬地说些冷笑话，接着，李声音低沉地提起了他当记者时采访一个强奸犯的经历，那是一名中学老师，诱奸了学校里十几名初中女生，最后因为一位女生跳楼留下遗书，他的罪行才得以被揭发。李在讲述这些时显得心情沉重，痛骂罪犯是人类的渣滓，我和莉莉也随声附和几句。大何和老张似乎累了，看着划桨的少女默不作声。我们的目光最后也落在那少女身上，她还是一副无动于衷的样子，仍微微笑着。此时，我们才注意到，这条河道并不长，且细而窄，最窄处两人从船中伸腿出去便能及岸。虽然风光不算多好，但花草丰茂，河水清澈，已经是身在城市中难得的享受。

我弓着身子将手掌浸在水里，感受夏末河水的凉意，忽然一种似曾相识的感觉袭来。此时的一切于我都变得十分熟悉。我仔细在记忆中搜索，这熟悉的感觉正来自我童年时期在少数民族村落中的那段日子。因为实在枯燥，我四处搜寻可以消磨时光的办法，最终我在一副竹子躺椅中空的椅背中找到一本破破烂烂的小书，那书的名字叫作《岛上故事》。这本书的封面画满了不知所谓的图腾，颜色艳丽，看起来像是盗版，或者是什么民间团体自己印制的东西，内部纸张泛黄，有缺页，还有许多笔绘粗糙的插图，但还是不妨碍我极为投入地看完了。此刻想来，书中前半部分的内容，也是几名来自都市的游客一同前往一个荒凉的山区旅行，到了山区之后，他们先是见到一个苍白瘦弱的中年男人，之后，又见到一位十分美丽、纯洁无瑕的少女……我绞尽脑汁想要记起书中后半部分的内容，却怎么也想不起来。虽然我已经完全忘记那个故事，但当时它留给我的那份震撼依然保存在记忆里，那一定是个特别的故事。在上岸之后，我脑子里依然充满将它找回的念头，我向那幽深的通道缓缓走去，一扇门在我眼前紧紧关闭着。

"小姑娘，你长得真的很好看。"李说。我看见他走到队伍的最前面，跟那女孩并排走在一起。"清澈、有灵气……"李不断构思并补充着赞美的话。"有人告诉过你吗？"李问，"我看你不比年轻时候的周迅差。"

我们几个同行人不远不近地在他们后面走着，都不再看沿途的风景，只是竖着耳朵听李说话。

"呵，李这个家伙……还是那副样子，到哪儿都招惹小姑娘。"老张发出一声嗤笑。

大何的目光也跟寻着李的背影。"他可真够自信的。"他感叹。我从李脚上那双潮牌运动鞋一直往上看，破洞牛仔裤，短袖外面搭一件米色夹克衫，脖子上挂着不知名的金属链子，一侧的耳垂上松松垮垮挂着一只亮闪闪的银色耳环，头上一顶白色渔夫帽。我记起和李相识的那个场合，那是在我们圈子里的一次私人聚会上，不知道他是谁带来的朋友，但聚会结束之后，他和每个人都称兄道弟，并且毫不遮掩地向聚会中新认识的一位已婚女性大献殷勤。我突然感到惊诧，发觉自己对李的私人情况一无所知。他看起来已经不年轻了，尤其和前面那位女孩相比，明显差出了辈分。他多大年纪了？结婚了吗？有孩子吗？他又是怎么和我这几位朋友认识的？我可从未向人介绍过他。

"你是怎么认识李的？"我转向莉莉，问。

莉莉盯着李和那女孩的两个背影，并不回答我，只是若有所思地点头一笑。

"你知道周迅吧，你看过她演的电视剧吗？早一点的，《大明宫词》什么的？"李还在追着女孩问。

女孩对李的态度相当冷淡，她从未抬起头看李一眼，我们也完全听不见她回答李的问题，但李仍坚持不懈地自问自答，时不时还对自己的话做出评价。大何和老张对视一眼，都摇摇头，讥笑出声。李显然也注意到了我们的反应，但他兴致不减，脚步甚至愈发轻盈起来。

"我给你拍几张照片吧！"在经过一片清幽的竹林时，李大声说，一边朝我们示意。我们都停下来，看着李将女孩带进竹林，女孩茫然地站在土路上不动，李动用起极大的热情，几乎是将女孩拉拽进竹林深处。我们跟着围过去，女孩局促地垂手站立，脸庞上程式化的微笑已经消失不见，眼中充满恐慌和犹疑。我也跟着紧张起来。但李对这一切似乎浑然不觉，他像幼童摆弄洋娃娃一般，时而让女孩抬手、抱头，时而让女孩弯腰、侧身，女孩僵硬地配合着，摆出不一样的动作。李看上去十分激动，每一次按快门都要大声叫好，到最后，李竟然还让女孩跪下了。于是我们看见，女孩跪在一片绿地中，仰头望着天空，阳光穿透竹林，明暗交错，她的表情在阴影中显得模糊难辨，但她整个身体都闪着光，像一个林间精灵。

"好美。"李拨弄着相机，回看着他拍下的一张张照片，"这才是不虚此行。"老张站在一边，对他竖起大拇指，嘴里却嗤笑道："你可真是变态。"大何也玩笑一般地附和。李并不在意，三个男人都哈哈笑着。我和莉莉也凑上去看，李却收起了相机，得意地说："等我回去传上网络，你们再看。我今天才发现我有这样的摄影天赋，或许我可以做新的职业规划了。对不对，小姑娘？"他朝那女孩说，但女孩不知什么时候已经跑远了。她小小的背影消失在林间。

划船结束后，我们在岛上便没有了其他活动。徒步环岛原本也在规划中，但那需要一整天的时间，因为我们的懒散，出发时间已经延后，入岛之后也没有做到晨起，莉莉提出我们可以利用剩下的一整个下午探索一部分，但大家都说腰酸腿疼，提不起兴致。最后老张说："我们不是已经坐过船了吗？从船上已经看到岸上是什么了，就不用再走了。"这个说法听起来很有道理，便彻底打消了我们出去走一走的念头。我们五个人围在一间茶室里枯坐着。若是在平时，我们可以拿出手机来一同玩在线游戏，但这里的信号实在太弱了。李突然兴冲冲地从背包里掏出两副扑克牌，甩到桌面上，但莉莉马上提出反对："在哪里都是打牌，没意思。"

"那我们还能干什么？"大何无奈地说。

我又想起了那个故事。随之而来的念头让我有些兴奋。我说："不如这样，小时候我看过一本书，叫《岛上故事》，故事的开头就和我们现在所经历的一模一样，但是后面的部分我怎么也想不起来了，你们都想一想，这故事之后会怎么样？"

"你这……无聊。"老张说。

"你才无聊，我觉得有意思。"莉莉抢白。

"我同意！我觉得这很有趣。"大何说。

"我也赞成。"李举起了手。

共识已经达成，那么游戏也就开始。我又补充了一句："我记得是恐怖故事。大家就往这个方向去想吧。"

李问："你是在什么地方看的这本书。"

我如实回答。

"恐怕不只是恐怖故事，还是色情故事吧。"李突然笑起来，"那些闭塞山村里的人，在那落后的年代，无非是看点色情暴力的东西来消遣。"

"老实说，我真的不记得，"我回答，"但肯定没有那么简单。"

"行，那就从我开始好了。"李以一种无所谓的态度开始了他的故事。

"从前……有一座岛。"李说，大家都笑了。

"岛上有一个男人，还有一个……女人。"李挤眉弄眼的样子又把大家逗笑了。

"这个男人和这个女人……他们当然是一对情人。"大家默不作声。

"这个男人面色苍白，身体消瘦，想必是肾有些问题，但是他当初到这个岛上的时候，身体可不是这样的。"老张和大何都笑了，莉莉从牙缝里嗤出一口气。

"这个男人呢，大概有四十岁了吧，这个女人才十五六岁，也有可能十七八岁，姑且就算她十七岁吧，还算不上犯罪。"

"够了够了。"莉莉打断他说，"我到这儿来是为了听你说这些的吗？这种低俗的玩笑，我平时在老男人的饭局上没听够？你要么别讲了，要么换一个。"

李面色稍有尴尬，转瞬即逝，立刻又说："这个男人啊，是个记者。"大家一听又笑了，包括莉莉。

"这个记者，他身体不好，肾不好。但是和这个小姑娘并没有什么关系。"（哄堂大笑）

"事情是这样的，"李正襟危坐，"这个记者呢，他勇闯一处地下卖淫窝点，解救出了十余名被迫卖身的妇女，其中最小的一个仅有十五岁，嗯……她是从幼年便被人贩子从山村拐卖来的少女，因为记忆模糊难以寻找到她的家人……记者耗时数年，耗光积蓄帮助她找到家乡后，发现她……父母双亡！"大家又笑了起来，莉莉笑得直喘气。

"于是只能暂且带她回到自己家乡小岛居住，相处时间长了之后……他们相爱了。"李双手一摊，"结束。"

"平庸。"莉莉总结道，"但好歹不脏。"

"这样你就接受了？不过是换个说法而已……"老张冷笑一声。

"我看你们也不用道貌岸然，人的潜意识里什么脏东西没有？其实我们完全可以真实一点儿，把这些都说出来，这样才有意思。李，你那就是一种低级的粉饰。"老张说。

李做出夸张的表情，鼓掌说："那么请老张展示一下高级的粉饰是什么样。"

老张似乎感到口渴，将背包里的罐装啤酒取出，连喝几口，说："我根本不屑于粉饰。"又对着我和莉莉说，"你们想不想知道大学时候我们男生熄了灯都在寝室里讨论些什么？男人无非是……"

"好了好了。"大何打断老张，"还是让我来讲吧，故事我刚刚已经想好了。"

大何当年在我们中文系小有名气，也曾是文学期刊非常欢迎的作者，读了博士之后才转向学术，因此对于他的故事，我们都很期待。

"这个中年男人和这个少女……他们是一对父女。"大何说。

"这个男人现在四十岁，这个少女今年十六岁，男人在二十四岁时有了这个女儿。而他的妻子在他女儿出生时就离世了。"

"他妻子和他非常相爱，他们原先也生活得十分幸福，幸福到他不相信现实中真正存在这样完美的感情，他总是恍若身处梦中，直到他妻子的死让他相信生活的真实。但他已经无法面对真实的生活了，那样子就如同四维空间的生物无法在二维空间生存……"

"也许他的妻子在死亡到来之际已经意识到这一点，她的丈夫再也无法找到代替她的人，为了给丈夫希望，她告诉丈夫，她将会转生在这世界上的某一个地方，请他不要放弃，一定要找到转生后的自己……"

莉莉发出一声叹息。

"他由此获得了活下去的信念，甚至这比女儿的存在更能给他活下去的信念，但是他妻子所没有预料到的，是他居然为了这个信念忽视了对女儿的教育与抚养。他将女儿丢在一个孤儿院外，独自踏上了寻找妻子转世的旅程。"

我们安静地听着。

"他变卖财产，在许多地区和国家之间奔波，始终没有找到妻子的转世，十六年后，他的金钱和精力耗尽，他突然记起了女儿，怀着愧疚的心情找到女儿之后……他突然发现，女儿拥有妻子的眼睛和灵魂，他控制不住自己，爱上了女儿。"

"哈哈！终于等到这一句了！"老张大叫，"还不是一样！"

"他还没说完呢。"莉莉抱怨。

李笑了，说："对，继续说。"

"女儿的纯洁与美丽让他认识到自己一生的失败和错误，但欲望折磨着他，他阉割了自己。"

"我觉得这是个好故事。"莉莉说，"其实这很严肃。这里面有很多文学的母题。很值得深入探索。"

李笑而不语。大何补充说："其实说起来简单，小说还是得看怎么写。"

我有些失望，大何和莉莉说得不错，但他们讲的故事还是离我的记忆很遥远，原本我已经想不起来，他们这样一讲，我记忆中的那个故事被覆盖得更深了，我能感到，这完全是南辕北辙，离题千里。

"话说回来。"莉莉突然神秘兮兮地说："你们觉得，这个男人和那个女孩，到底是什么关系？"

"什么关系……"老张沉吟道，"大约是附近居民，雇佣关系吧。"

"绝对不是。"莉莉说，"他们住在一间屋子里。"我同时意识到，原来莉莉也进过那间屋子。

"而且，"莉莉接着说，"那儿只有一张床，两个人的衣服交叠着放在一起。"

"也许……他们是轮班？"大何说。

"哈……哈……"莉莉拖着长音，带着得意又诡谲的表情说，"你们看我找到了什么？"她变戏法一般地从身后拿出一样小东西，两个细细的手指捏着，举到我们面前。那是一粒白色的小药丸。

"什么东西？毒品？"老张说。

"呵……你们男人，"莉莉说，"这是避孕药，我从他们抽屉里翻出来的，拿一粒作旅行纪念。"

"绝了！"李一拍大腿，"你怎么不去当记者！"

莉莉咯咯笑着："我要是当记者，一定比你混得好。"

"是是是，"李随声附和，"这么看，这孤零零的地方，孤男寡女……这女孩看着还小啊，真不简单。可惜可惜……"

"可惜什么？可惜不是你吗？"老张笑道，"瞧你昨天拍照时那副样子，拍个照都拍出高潮来了。"

李的脸上闪出一丝不快，但还是笑着说："我看你嫉妒了吧，不是我夸口，这种女孩，给我三天就能拿下。"

因为大家对于那女孩和獐关系的猜测，在接下来的言谈中，大家都失去了对那女孩的尊重，昨天她在我们眼里那纯净、凛然不可侵犯的精灵一般的形象，顿时被男人们的言语涂抹成一个荡妇。我和莉莉起初还能附和着说笑几句，但渐渐地都感到有些不适。在沉默的间隙，莉莉好像突然感到寒冷那样抱住双臂，提出了一种可能："早上见那女孩，她看起来有些呆呆傻傻的，该不会是被强迫的吧？"

莉莉话音落下，我们一时不知道该接些什么。我的神思转移到昨日对獐的记忆中，经莉莉一说，獐的形象确实更接近一个罪犯的样子了，就像一些韩国电影中所塑造的性变态。

经此，李和其他两位男性之前的话题已经进行不下去。我们五个人略为尴尬地坐着，而窗外的风声、鸟声和虫声也渐渐入耳，隐约间还有另一种声音混在里面，就像是人在小声啜泣，我们静静听了一会儿，那啜泣声愈来愈清晰，它逼近我们，最后简直像在耳边一样。李最靠近门边，也最显得烦躁不安，他倏地立起身，打开门。

那女孩就站在门外，一双黑眼睛盯住我们。我们正要惊呼。她小小的身体里却爆发出一声高亢、持久的尖叫，那声音令人浑身一凛，寒意透骨，像是聚集的鸟兽在遭受屠杀前的哀鸣。

我们慌忙奔出屋外，不知不觉天已经黑了，像一块沉重的幕布横展着，幕布底下站着那个女孩，方才那种异样的力量已然褪去，此时她只是一个普通的女孩，孤立无援，双手攥成两个拳头，脸和耳朵、脖子都涨红着，原本美丽的眼睛几乎暴突出来，深黑的瞳仁嵌在布满血丝的眼白中。

"你在这儿多久了？你在偷听我们说话？"李露出责备的表情，质问她。

她并没有回答，而是尖叫着大声斥骂我们，她因为过于激动而显得有些语无伦次，又或者她说的是某地方言，我们根本没有听懂她到底在骂些什么。但从她脸上的表情来看，那一定是世界上最恶毒、最肮脏的词语。我的耳中充斥着她那犹如禽类的尖叫，它们甚至在我的耳道和颅骨中发出回响，震颤着汇聚成一股恼人的嗡嗡声，在这一刻，我突然记起了我童年时读过的那个故事。

那个岛上不常有游客到访。

偶尔有三五人结伴去往那个岛，往往是出于一些非常偶然的、莫名其妙的原因，就像是受到什么召唤似的。去往岛上的人在自己原本的生活中总是很孤独，他们到了岛上之后，一个苍白消瘦的男人接待了他们，那男人总是面无表情，仿佛远离人间一切欲望。但这岛上还有着另一位女孩，她的身体充满旺盛的生命力，眼睛里闪烁着这个世界不存在的美好、纯洁、智慧。

这是一座吃人的岛。唯一活着的一种动物就是獐，因为它从远古时代就在那里。女孩与它相伴。

这个男人是一具死尸，因为经过了死亡，他得到了永生，这座岛是他的世界，他走不出这个世界。女孩是他的猎物，但他迟迟没有处死她，她拥有凡人的躯体，但她的灵魂炽热得令他吃惊。他不知道该拿她怎么办。孤独的他用隐秘微弱的力量召唤着孤独的游客，他们都死在这座岛上，成为这座岛的本体。

在故事的结尾，女孩用岛上的稀有金属建造了一座狭窄、坚固、封闭的坟墓，她告诉他她爱他，于是骗他一起住了进去。他俩在极为狭窄的墓穴里，不得不脸贴着脸，毫无间隙地挤在一起。这女孩鲜活的肉体渐渐腐朽了，留下的是这男人永恒的、不死的尸身。但他无法脱离墓穴。

于是这座岛上只剩下了獐。

我不知道我是否遗忘了这故事中的某一部分，但想起它确实让我感到身心愉悦。我很想立刻把它分享给我的朋友们，但此情此景中的他们都已经失去了讲故事或是听故事的心情。

那女孩的尖叫声停止了。

我们谁都没有注意到她去了哪里，经过这样糟糕的一幕，大家都有些沮丧。莉莉惶恐地寻求回答："我们并没有做什么不好的事情，对吧？"李说："没错，我们只是在讲故事，谁要她偷听的。"老张说："行了，我们早点去睡，明天早点回家。"

这一夜，我很快睡着了，也许是因为终于记起了那个潜藏已久的童年故事，心中不再有疑虑。其他人这一晚应该也都睡得很好，因为第二天每个人都显得神采奕奕。当我们离岛时，很意外地，獐小跑着来送我们，因为运动，他的脸看起来并不像我们初见时那样苍白，人也显得随和了不少。我们在等车时，他竟带着笑意和我们攀谈起来，还从上衣口袋里掏出香烟递给我们，除了李接过烟，我们都摆摆手拒绝。李和他聊了几句，我们在旁边听着，竟发现他原本也在我们的那座城市工作。在三十五岁之前，他曾是一个知名公司的程序员，因为眼角膜受损才提前离职，来这座岛上做些简单的工作，顺便休养。这一发现让我们十分吃惊，同时也有些尴尬，我们对他原先的想象竟全是错误的。临走前，他向我们表达招待不周的歉意，并且说欢迎再来。我们也热情回应了。最后，他问我们昨天晚上或是今天早晨有没有见过那个划船的女孩。我们彼此交换了眼神，告诉他，我们没有见过她。

在回去的大巴里，我们都默默无言。我看见李打开了他的相机，拇指长久地停留在删除键上。

好学生

"你就见一见她吧？应付一下也好？"母亲说。

"不想见。"他说。

"可是她已经知道你回来了，就在我这里。"母亲为难地说。

"我已经说过，我不记得有这么一个人，我不认识她，她还有什么理由来见我？"他表现出不耐烦。

"她……"母亲有些犹豫地说，"她说不管怎么样，她是你妈妈的朋友，也是你的长辈……"

他抬起眼看母亲，母亲脸上满是为难的神色。他知道近几年来，母亲开始怕他。

"这个人也真是难缠，那么让她来吧。"他苦笑着说。

几个小时之后，母亲出门去参加社区组织的乡村一日游活动，而他仍裹着一床旧羊毛毯，顶着三天没洗、乱糟糟的头发，盘腿坐在客厅的沙发上。他正打算以这样的姿态来迎接那位不速之客——一种嘲弄。母亲离开前，曾叮嘱他客客气气地说几句好话，将来客打发走。他随口答应着，心里却想，他不会说哪怕一句虚与委蛇的话，他不想照顾什么人的情绪，因为他自己的心情已经够糟了。最近一年，他几乎每天都要靠褪黑素来帮助自己入睡，而近几天，那些药片对他也不再管用。他带着一种怨气，等待着。

离约定时间还有十分钟左右，他听见一阵很轻的敲门声，他知道她来了。那迟疑的、不自信的、微弱的敲门声正代表着她。他静静听了一阵，敲门声由轻及重，站在门外的那个人，意志似乎也变得更加坚定。

他站起来，趿拉着鞋打开了门。门外是一个年纪约莫六十岁的妇女，她身材消瘦，穿着一袭黑色套装，他带着笑意，目光从她身上扫过。和他想的一样，她十分重视今天的见面：她的装扮很得体，虽然刻板的黑色套装令他联想到葬礼，但一条细细的、闪着光的金色颈链使她焕发出对生活的期待，她脑后一丝不苟的发髻让她显出一种常年身处职场的独立女性的干练，瘦削的脸庞和深陷的眼窝又使她接近一种有思想和深度的知识分子模样——她的装扮很好地传达出她对自我的期待。而他——头发蓬乱、睡眼惺忪，手里攥着一团皱巴巴的纸巾，准备擦一擦随时要钻出鼻孔的清水鼻涕。他裹紧毛毯，转身蹚回沙发，再一次坐进尚且温暖的凹陷处。

他用余光瞄着她，他看出她仍然处在一种紧张的状态里。他不开口说话，不请她坐下，也不给她倒水。但她似乎已在心中预演过很多遍今天的场景，她双腿并拢，优雅地在靠近他的那一张小沙发上坐下，与此同时，她开始了她的社交，她先是用寥寥数语对他取得的"成就"表达了赞许、欣慰和钦佩，然后便把话题转回到自己身上。她自我介绍说，她在数十年的时间里，担任某某小学"思想品德与道德修养"这一门课程的老师，而据她了解，他在那些年里正是就读于那一所小学。后来，她在一次偶然的妇女活动中结识了他的母亲，她激动不已，并迫切地想要从他的母亲那里获得他的联系方式。但当他母亲向他转达这一消息时，他拒绝了，他告诉母亲，他根本不记得这样的一位老师。

确有其事。他曾嘲讽地对母亲说："你务必要明确地告诉她，我并不认识她，不记得她，她绝不是我的老师。事实上，她是不是我的小学'思想品德与道德修养'这一门课的老师，这一点根本不重要。但这句话就不用跟她说了。"

母亲当时自然是有些为难的，她不习惯说这样的话，令人不快的话。母亲喜欢让人感到快乐。许多年前，在幼年时期，他曾经在一次热闹的集会上买了几张体育彩票，其中有一张刮出一个不大不小的奖，数额大约足够支付他当时一年的学费。一个卖彩票的摊主，像是为他又为自己骄傲似的，大声宣布，说他中奖的这一张彩票正是出自自己的摊位。他仔细想了好一会儿，把每一张彩票是在哪里买的说得清清楚楚，偏偏和这摊主无关。摊主的脸色瞬间黯淡下去，而母亲也随之沮丧起来。"你就说在他那儿买的不就行了，大家高兴。"母亲责怪他。

但今时不同往日，他不再是个小孩儿了。况且，他还有些"成就"，他成为了一个"作家"，他的作品被改编成了时下一部挺火的电视剧，由几个街知巷闻的明星出演。人们渐渐都知道了他，如今他是这地方的名人了。他的话，母亲不再好反对。况且他说得有道理，自从他有了些名气，原先不曾见过的远房亲戚、孩童时候的邻居、中学时候同学的父母的朋友……许多莫名其妙的人都冒了出来，请他给家里的孩子推荐工作、帮忙亲戚的孩子上大学，或是请他介绍某个在读影视艺术学院的外甥女认识某位导演、编剧，又或是自己退休时期写了什么诗词歌赋，请他鉴赏、推荐发表。现在，竟然连小学时期的"思想品德与道德修养"课的老师，也找上门来。她必定也是有所求，他对母亲说，不要徒增烦恼。

可数月之后，她凭着自己的热情、毅力与决心，竟还是突破了重重防线，闯入了他的家门，和他单独在一起，面对面坐着。

数十年的课堂经验，在她这一次的会面中得到了淋漓尽致的体现，她滔滔不绝地诉说着，根本没有给他冷落自己的机会。她从自己的幼年说起：她出身于一个知识分子家庭，小时候也受过一点熏陶，但她的童年和青春期恰好处在一段混乱的历史时期，她的父亲被打倒了，她自己也没有受到教育。她在最为好学的一段时期，本该最美好的人生阶段，永远都在田地里干着农活。

"可是我是多么热爱知识，热爱文学。"她用夸张的语气说着，眼睛注视着空无一物的前方，深陷回忆，"我在怀里揣着半本字典，一有空就拿出来翻几页，正是这样我才不至于变成一个文盲。"她感慨着，一边悲叹自己的命运，一边对当时的历史事件娓娓道来，时不时加以批判，但很快又回到"正确"的论调上。她的眼睛里闪着光，他不清楚那是不是眼泪，她时不时把脸转向他，但她的双眼却并不在看他。他渐渐被她的表情和激动的语调吸引住了，当她偶尔力所不逮，中止她的长篇大论，急促地喘一口气时，他会若有所思地点点头，对她方才的一番话表示会意。最终，在她再一次陷入忘我的表达时，他丢下披在身上的毛毯，起身给她倒了一杯水，放在她的面前。

"谢谢。"她由衷地发出感谢。

在听她倾诉的过程中，他起先对她抱有的反感逐渐消退，他开始有些同情她，虽然她所说的那些话，那些拘束的表达，听起来刻板又枯燥。但得益于她生动的表情，以及他在大学时期通过一些文学和影视作品逐渐了解到的那段支离破碎的历史，他得以用想象填补她没说出口的那部分内容，同时也填补了她的痛苦。当然，他是无法真正感同身受的，他的同情还停留在礼貌层面，类似于健康人去医院探望长期病患，年轻人去敬老院送温暖，一旦他们离开那个令人沮丧的环境，便也容易离开那些伤感的情绪。因此，当她的叙述过于冗长时，他不由得分了神，开始观察起她的举止和表情。她和他所见过的处于这个年龄段的妇女们很不一样。通常来说，六十岁左右的妇女，生活的重心和关注点并不在自己身上，这从她们的外貌上便能看出来，她们安于做一个老年人，发型和衣着都以舒适方便为主，而她们的脸上的表情是富足安乐还是忧心忡忡，这取决于她们儿女甚至是孙辈的状态。她们都有相似的身份和话题——某某的妈妈或是奶奶，养老金、保险、儿女的收入或是广场舞。

她却不一样。

她似乎仍有一种执着，一种野心，这些本该是年轻人所拥有，但现在许多年轻人也并不具备的东西。她在讲述过去的时候，仿佛并不真正认为那是"过去"，而是此时仍旧捉住她，困住她，拖累着她，阻止着她去向更高远的地方的罪恶的枷锁。她的脸上写满了不甘，可她又能做些什么呢？

他看出她的精神状态并不好，甚至有些病态。这一点让他生出了新的同情，一种更为真切的同情，因为他联想到了自己，以及自己身边的一些不成功的年轻人。他的生活并不像人们想象中的那样顺利。他从幼年开始，遭遇过无数次被否定的经历：他资质平庸、性格内向；他的成绩总是在班里垫底；他个子不高，却因为不受老师喜欢而总是坐在最后一排；他和后排的大个子男生打架，被要求吃对方的鼻涕……他后来上了一所不怎么样的高中，又念了一所不怎么样的大学，一直到毕业几年以后，他的人生都仍然没有什么起色。他周围并没有人在意他，包括他的父母，他们都认为他这辈子就是这样了。在他三十岁时，他的父母托亲戚们在熟人里找了一位高中毕业，满脸雀斑，在市里一家连锁店销售马桶的本地乡下女孩和他结婚，只因为听说女孩做家务是一把好手。他用激烈的言辞拒绝了。所有人都感到震惊：他以为他配得上什么人？他当时甚至没有一份像样的工作。既然他是个不知好歹的东西，亲戚们便疏远他，父母便埋怨他。他的人生一度在黑暗中度过。他几乎可以看见几十年后自己最悲惨的样子，一定比不上此刻坐在他面前滔滔不绝诉说自己苦难的女人——她至少是个退休教师，还有能力把自己打扮得如此体面。

　　所幸，在那不久之后，命运之神眷顾了他，一家颇有名气的影视公司底下的工作人员找到他，要买下他大学时期在网站上为了发泄情绪而胡乱编造的一部长篇小说。起初他以为对方是骗子，但真正谈到钱的时候，他相信了。可惜，那似乎是与生俱来的忧虑、胆怯、不自信，让他战战兢兢地提出了一个在他现在看来非常低廉的价格。对方立刻接受了。协议不容反悔。于是，大约是他此生中价值最大的一件东西，被他懵懵懂懂地便宜卖掉了。几年以后，他出人意料地火了一把——亲戚、朋友、父爱与母爱——这迟来的一切。

　　她不断地赞美着他，惊叹自己不敢相信，在这所她任教的学校里，竟然出了一位他这样的人物。她迫不及待地想要知道他从小到大的经历。他是一个天才吗？还是比常人更加发奋努力？她相信这二者兼而有之。她想知道，他是如何开始对文学感兴趣的，一定受到了某位老师的启发吧？她仍怀念曾经与他同处一个教室时，她在讲台上侃侃而谈，而他在台下聚精会神地听着。"可是，"她羞愧地说，"我知道，我只不过是一名副课老师。我这门课的成绩并不重要，你不记得我也很正常。但我想你一定会记得你的语文老师吧？他一定对你影响很大。他叫什么名字？我想我一定认识他。"

　　他笑着摇摇头。他并非不记得小学时期的语文老师，那是一位短发的中年女性。当时她担任班主任，家里为了让他可以多受一点照顾，隔三岔五地给那位老师送礼。其中有一次，他们给她送的礼物是一根上好的教鞭。于是在那之后，他每天上课时都不由自主地盯着语文老师手里的教鞭。他走神了，思考着那根教鞭的意义。某一天，语文老师突然用那根教鞭狠狠地抽打了他。他早已忘却具体是因为什么事情挨了打，只记得在挨打的时刻，他生发出一种掺杂着沮丧的诧异。他想，语文老师一定忘记了，这根教鞭是我们家送她的礼物。

这就是他对当初的语文老师的全部记忆，要说这位女性对他的文学启蒙有什么影响，他实在想不起来。所以他摇摇头。

她对他的敷衍感到不满，但沉默片刻之后，她渐渐露出一种古怪的微笑。她似乎认为，既然他身为一个作家连自己的语文老师都不记得，那么她不被记得也就情有可原。同时，她不由自主地轻轻点动下巴。她感到自己正站立在一块道德高地上，四周寒风呼啸。她不由得想要给他下一个圈套。于是她问他："那么，在你人生中，总有什么人对你产生过影响吧？难道，学校里的教育对你竟然没有一点有益的影响吗？"

他哑然。他怀疑她想要谴责他。在她看来，他成功了，却没有感恩之心，那么他也不算是一个多么了不起的人，因为他是一个道德上不够完满的人。但事实上，她不会知道，他根本不在意这些所谓"道德上的完满"。如果她真的看过他的作品，她会发现，他写的全是人性之恶，他笔下的青少年总是暴力的、无知的，他们在丑恶的成人社会中的缝隙里挣扎着，凭着本能的驱使作恶；他们总是脱离不了困境，因为他们不知道困境以外还有什么样的世界。他当年写的那些东西，在他现在看来其实有些过头了，甚至很多情节都透露出他年少时的浅薄和愚蠢。如果说其中有什么珍贵的东西，那大概是真挚的感情。他丝毫没有掩饰自己人性中的弱点，也没有掩饰他对他人的厌恶和对世界的诅咒。出于一种反叛的情绪，他刻画了许多单一的罪恶。如果她去看一看他作品中为数不多的几位小学老师是什么样的形象，也许就不会对他问出这样的问题。他想，她可能根本没有看过他的作品。

但她显然不想放弃，继续对他描绘那些年的美好：正是在那所校园里，她度过了自己的青年时期，见证了他的童年——她想象中他的童年。她用羡慕的语气对他说，正是他们这一代所享有的自由美好的环境，才能造就他这样的一个人才。她谈起那些挂在小学教室里的名人画像，黑板报的精心设计，校运会里的一场场竞赛，以及无数个拥有美好天气的下午——她的课总是被排在下午第三节或是第四节，那是最容易通过的一门课，孩子们上完课就可以在夕阳的笼罩下回家，多么温馨的画面。在她的课上，孩子们的表情总是很轻松。

他不想和她说这些，她的记忆和他的记忆并不重叠。在那些属于她的快乐时光里，他在做些什么？她的提问促使他回顾了自己的童年——那是十分不快乐的童年。他从来不是一个老师或是家长眼中的好孩子。内向的他因为饱受欺凌，渐渐发展到另一个极端：他和同学打架，偷家里的钱，把学习委员的寒假作业撕碎了丢进教师办公室外面的垃圾桶；他虐待刚刚睁开眼的小猫，用凉水冲它的脑袋再偷偷放回母猫的窝里；他剪开蝙蝠的翅膀，将它塞进教室后面的墙洞……这些事情并不真的使他感觉到快乐，有时候他会恐惧自己心中残忍的念头，在深夜里大声嚎哭起来，但他仍然不受控制地坚持做这些坏事情。与此同时，他也因为各种理由受着残酷的惩罚，他小学时期的一位男班主任曾揪住他的毛衣领子将他拎起来，摔进了教室"清洁区"里的垃圾筐，而他的另一位女政治老师，一名三十岁左右，烫着卷发，穿着高跟鞋的女性，因为他在课上打瞌睡，将鲜红的长指甲伸进他的耳朵里，掐出一个深深的血印。他童年时候的顽劣在他上了中学之后又变本加厉，因为学校对于男女生发型的禁令，有长达四五年的时间，他用推子把自己的头发剃光，每天顶着一个光亮无比的脑袋在校园里来来去去——从小到大，他都是一个有名的坏孩子。

　　她充满期许地看着他。"你真的不记得我吗？我想，也许是因为我老了。"她说，同时她打开了手机，翻出相册里的一张张照片，送到他面前。
　　他出于礼貌接过她的手机，她靠近他，伸出一节形如枯木的手指，一边缓缓滑动着自己的一张张照片，一边耐心向他介绍着。那些照片大多是她与各种人的合影，背景是不同的建筑或是风景，与她合影的人有男有女，有三十岁左右的年轻人，也有四十岁上下的中年人，他们无论从相貌或是衣着上都和大多数的普通人一样，毫无能被人记住的特点。"这些都是我的学生，"她说，"他们都很优秀，都很有成就。"她不厌其烦地讲述照片里每个人的职业、收入、社会地位，嘴角带着微笑，眼睛里出现亮光，"他们都很喜欢我，都记得我。"

"这一个，你看，他去年被评为了省级劳模！"

"这一个，她现在正在央行总行工作。"

"这一个，她的孩子考上了哈佛。她也要跟着出国去了。"

她望着那一张张他感到陌生的脸，啧啧赞叹着。突然，她抬起头盯住他说："我的学生里面，优秀的可不止你一个。"

他并没有注意到她话里的情绪，出乎意料地，他被她手里滑动着的一张张照片吸引，在那看似千篇一律的合影中，一些年代久远、经过翻拍的老照片间杂其中，时不时刺激着他的神经。他逐渐发现，这些照片里的确存在着一张他记忆中的面孔。事实上，那张面孔出现在每一张合影里，年轻的、衰老的面孔，正是她。他的记忆碎片在遥远的某一处蠢蠢欲动，他不由得抬起头看了看身边这个苍老的女人。从她走进他的家门之后，他并未用心看过她究竟长什么样，这一刻她的脸清楚地呈现在他眼前：她饱满的额头，凸出的颧骨，深陷的眼窝，还有她线条利落的方形下巴。岁月剥夺了她年轻的血肉，此刻她被干瘪的皮囊包裹着，但对比之下，他能看出，她的确就是老照片里的那个年轻女人，而照片里的那个女人，确实在他的记忆中占据着一个小小的角落。

究竟是什么？在那个小小的角落里，久远的、模糊的一片。他想不起来，他不能确定，那个女人确实是他的某一位老师吗？他也可能在什么别的地方见过她，又或许，他把关于别的什么人的记忆和照片中她的混淆了。

他皱着眉头，一言不发。

他的态度终于把她激怒了。她突然收回自己的手机，挺直身子坐回自己的沙发上。她高昂着头颅，显出颇有尊严的样子。在那一瞬间，她似乎重新回到了小学教室的讲台上；而他，只不过是一个小小的、七八岁的小男孩，瑟缩在自己的座位上，仰视着她。

"我知道我教过你。"她说，"从九十年代开始，我一直在那所学校，而那所学校担任'思想品德与道德修养'一课的老师，在接下来的近十年时间里，只有我一个。"

她深吸一口气，继续说："或许你真的不记得我，这也很正常，但没关系，我仍然认识你的母亲，我现在是你母亲的朋友，是你的长辈。"

"你不同意给我你的联系方式，这没有关系。我曾把我写的诗歌和文章交给你母亲，托她转交给你……"

"你看了吗？"她突然换了一种态度，用近乎祈求的语气问道。

"我……"他的语气变得犹疑不定，他看过她写的那些东西，母亲曾央求他看一看，以便给她这位热情的朋友一个交代。母亲十分重视她在晚年交到的这些新朋友，因为她年轻时的不顺利，她几乎没有什么社交。他打开母亲转交给他的厚厚一摞稿纸，它们被仔细地装订成册，甚至还印上了一张风景照作为封面。但那些东西，他只需要看一眼就知道里面是些什么。她写了洋洋洒洒的几页诗歌赞美祖国河山，庆祝六十周年国庆，她写的散文，则是讲述日常游玩和养花种草的流水账。她的语言里充满了陈旧的抒情式表达，显得虚假造作。他不知道她是出于何种心情、何种目的写下那些文字的，他怀疑她也不会记得自己写下的内容，那些东西因为毫无情感与逻辑，令人过目即忘。他不知道该如何对她做出评价。他怀疑自己这几年写的作品在送到编辑手里时得到的也是同样的待遇——他们一看就知道，那不是他们想要的，那不是市场想要的，没有前途。他回忆自己写作时那痛苦不堪的过程，那并非一种难以表达的痛苦，而是出自一种茫然——他极力地想要达到某些"标准"，他甚至不知道那些"标准"是什么人定的，又出自什么原因。他凭借着模仿，模仿曾经的自己，模仿时代中的评论家们所赞扬的文字，或是模仿那些在市场上得到欢迎的东西。他甚至也像她一样写了一些"热情洋溢"的"颂歌"——当然，他认为他的写法比她高明得多。无论以何种方式，他只是想要成功，想要抓住成功，但他还是遭遇一次又一次的失败。

"你还没看吗？"她又换了一种语气，逼问道。

她的眼睛熠熠发光，一种渴望成功的光芒。

"我写得不好吗？"她沮丧地说道，"我不知道这个社会是怎么了？高雅和优美的东西没有人看，庸俗的东西却受人追捧？"她的目光逼视着他，"你说，他们究竟想要什么？"

他从她复杂而狂热的表情中判断，她正走向失控。他了解那个过程，因为他也体会过。并且，他比她更加不幸，他的失控是在一个极为重要的场合下发生的，那时他正站在唯一一个对他成立个人工作室表现出兴趣的投资人面前。他极力克服自己的胆怯、羞耻，夸大地炫耀着自己的个人能力与天赋，诉说着自己的宏伟愿望，而那个投资人听着听着，竟爆发出一阵雷鸣般的大笑。他讨好的笑容难看地僵在脸上，在那一刻他多么希望他自己的职业正是逗人发笑，假如他是一个相声演员，或是一个小丑，那么此时他便获得了成功。他尴尬地笑着，等待着一场审判或者是恩赐，但当他听到自己一毛钱都拿不到的时候，羞辱和绝望包围了他，他失控了。随着他的失控，他也失去了最后一点力气与希望。

　　他静静地看着她。他希望这一切快点过去。她让他难受，他为她难受，更为自己。他仿佛看见了自己即将失控的样子。羞耻感包围了他，他开始惶恐不安，他陷入极度后悔的情绪中，他不该答应母亲的要求，让这个女人进入自己的家里。但一切都已经晚了，他裹紧自己的毛毯，那是此刻唯一能帮助他抵御她的武器。他冷汗直冒。

　　就在一个月以前，他再也无法忍受长期失眠、注意力涣散和肢体疼痛。他去往市第一医院检查，医生询问了他的一些情况后，建议他前往市精神卫生中心，他最终在那里拿到了一份抑郁症的报告——回到母亲这里，原本是为了休养。不管他是不是真的病了，他在那个地方无法坚持下去，他每日缩在自己四四方方的小格子间里，只感到周围的一切都向他压迫过来，从他乱丢一气的衬衫、T恤、袜子，两三天前的外卖盒子，散发出霉味的水槽和永远刷不干净的房东的抽水马桶，一直到布满灰尘的细网格铁窗外面，那些从一个个危机重重的俄罗斯方块中透出的黄色灯火，那些看不见却能听见的机器轰鸣，庞然大物奔跑的撞击声，陌生人撕心裂肺的哭号……它们无不从四面八方压迫着他。于是他逃开了那些挫败，用最原始的也最直接有效的方式，乘上一列火车，行驶过高楼和田野，远远地离开那儿，回到自己温暖的"家"。在这里，那一切伤害还未来得及追赶上他。他享受了许多个安稳平静的日子。

但他始料未及的是，那恶魔竟幻化成一个妇人的样子，猝不及防地来到了他的家里，坐在他的面前，他避无可避。她的表情变幻莫测，她的态度变得越发严厉，她在质问着他，问着一些他根本无法回答甚至无法听懂的问题。她诉说着她（想象中）本该得到的一切，仿佛那些原本就属于她。她（从未存在过的）光辉灿烂的一生，是谁拿走了它？是谁？

他简直要喘不上气了。他的大脑混乱一片，绝望地翻找着停止这一切的办法。正是这一刻，他的记忆之门向他毫无保留地敞开，童年中的一幕幕场景突然无比清晰地涌现出来。他完全记起了她。他甚至记起了她那一天穿着的一条淡黄色的长裙，腰上围着一条仿鳄鱼皮花纹的深绿色皮带，那皮带上的铜扣在夕阳之下随着她身体激烈的摆动，一闪一闪地发出刺眼的光芒。

他正是做了错事的那个孩子。放学了，学生们都已经离开教室，只剩下他被罚站在教室的一角。她已经情绪崩溃，另外一个女老师拉扯着她，从后背拖住她的腰，而她睁大双眼直瞪着他，她哭着质问他："你怎么可以，怎么可以嘲笑我的努力？你怎么可以这样羞辱我？即使你是一个孩子……你就可以这样践踏他人吗？你是一个混蛋，王八蛋……你这没有教养的东西……"那时还尚且年轻的她，红着眼睛，大声嚷着。只因为在她讲课时，他在座位上哗众取宠，模仿她的表情和动作。他觉得她实在太好笑了——学校里没有哪个老师讲课会像她那样认真，那样全情投入——她仿佛在进行一场话剧表演，每当她讲到一名叫作布鲁诺的意大利人因为日心说而被审判，或是讲到苏格拉底赴死，她便捂住胸口、眼泛泪光，装出一副颤颤巍巍的样子，说出她自己编造出的一些伤感台词来——这的确为她赢得了许多学生的喜欢，有些孩子甚至跟着她一起落下泪来。但自从他开始模仿她的行为，她这一切努力就都失效了。她（而不是他）变成了一个小丑。孩子们为他的模仿而不是她的真情演绎所打动。终于有一天，她违背了自己坚守的优雅、大方、温柔、博爱等种种优良的品质，冲到他的面前辱骂他、批判他。而他，从未想过自己的游戏会导致如此严重的后果——一个成年人的失控，在那之前，他们对他而言有如天神。

他记得在最后一刻，这个问题是如何得到解决的：教导主任闻讯赶到了放课后的教室，他劝导着她，让她平复心情。

彼时她仍是一位年轻美丽的女性，而教导主任用极大的耐心安抚着她，她哽咽着，肩膀剧烈地抖动着，身子左摇右摆。教导主任对她说了许许多多的好话，最后简直像哄小孩儿那样哄着她，最终奏效的那句话如下：

"你非常优秀。方老师，你相信我，你是我所见过的最优秀的女性。"

他如获至宝地在记忆中寻找到了他需要的武器。

"你非常优秀。方老师，你相信我，你是我所见过的最优秀的女性。"他重复道。

她像听了魔咒一般怔住了。她重新看向他，他见证了她的眼睛里发生着的奇妙幻象，那狂乱的、失焦的一切都渐渐地重新回到有序的轨道，宇宙在经历大爆炸之后重新建立。

"你记起我了，对吗？"她微微笑着。她原本僵直的脊背松弛下来——比刚才大约矮了十厘米，她方才挥舞着的双手也自然地垂落，放在膝上。她看起来舒适多了，她恢复到了一个端庄的、慈爱的退休老教师的日常姿态。他也轻松下来，危机解除了。他想，这大概才是她平日里真实的样子——从她到他家门口敲门开始，她已经十分紧张。

"我真的很高兴。"她说，又一次把手按在了胸口，诚挚地看着他。

接下来，他俩进行了这一天中最愉快的一段谈话，甚至可以说，这是他们很长一段时间里，唯一令他们感到身心愉悦的一次谈话。她仍旧不断地夸奖着他，对他的成绩表示赞许和肯定；而他，也对她的教学生涯进行了颇有价值的一次回顾。他一改之前沉默冷淡的态度，调动起所有的热情回忆（虚构）美好的往昔。他尤其提到当初她在课上对于一些历史名人事迹的生动演绎，说这些记忆都成为了他日后创作灵感中的一部分，相信这一切有益的启发也在她许许多多的学生们的一生中发挥了重要的作用。她对他给予自己如此高的评价表示非常感激。同时，他也表示，他已经看过她让母亲转交给他的所有作品。他告诉她，如果早些年，她拥有和他同样的机会，她也一定会相当成功，她毫无疑问会成为一个名人，受到许多人的崇拜。即便是现在，她的这些作品读起来仍旧没有过时。如果有机会，他一定会向自己圈内的各种功成名就的朋友们推荐她的作品，也许有一天，它们也会被千千万万个读者看到。在他们热切的谈话中，她数次激动得不能自已。最后，她突然握住他的手，告诉他，她感谢他记住了她，而她也一直都记得他，事实上，在她今天第一眼见到他时，她就认出了他，她这一辈子最值得骄傲的好学生。

他被这话吓了一跳。

他从她温暖的手掌中抽回自己的手，小心翼翼地观察她的双眼，那里面满溢着真诚与宁静。

E 公司的她

一个巨大的字母"E"盘桓在她的头顶。偶尔她会抬起头凝望它——蓝色穹顶建筑下的入口处悬吊一只血红色的眼睛，瞳孔中镶嵌着字母"E"，与其说这是E公司的logo，不如说这是E公司的图腾。

午后两点，玻璃门外"哔"一声尖锐的长音，阿月摇晃着硕大的身躯走进E部门办公区，低跟凉拖在瓷砖上敲出懒散、愠怒的节奏，她也带着同样的表情。一头染成棕色的长卷发随意地洒在她圆滚滚的脖颈上，微微遮挡住她胸前裸露着的一片雪白的肌肤。从她经过之处，不断传来向她问好的声音："月姐""月姐"……她张开嘴，用尖锐高亢的嗓音回应着，这声音也调动起她的情绪，她感到自己在这块区域是重要的，她不仅拥有一席之地，也拥有一些别人没有的东西，比如优越感，比如旁人的畏惧。在这种情绪驱使之下，她开始审视办公区里的一切，她很快有了新发现——她的座位旁边坐着一个陌生的年轻男性。

她一边径直向前走着，一边皱着眉头，毫不掩饰地打量那名男性员工——他年纪大概二十出头，身材瘦小，皮肤被太阳晒得黝黑；穿一件土黄色的T恤，家境恐怕不会很好，因为他T恤上的印花全给磨掉了；裤子却出奇地新，新到没有什么褶皱，就像上班前刚买了在厕所里换上的一样；鞋子是一双半旧的运动鞋，看起来刷洗过很多遍，却还是灰扑扑的。不过他并不是没有可取之处——他看起来很干净，而且有着直挺的鼻梁和清晰的下颌线。她将目光收回，不为人察觉地深吸一口气。这一切让她感到安心。同时她想，总算又有些新鲜事发生了。在坐进转椅的那一刻，她飞快地瞥了他一眼，他此刻在她眼里就像一只胆战心惊的、灰扑扑的小麻雀。她等待着。

他果然转过脸，用准备好的热情笑容迎接她。

"月姐，你好。我是新来的实习生，叫我阿伟就可以了。"

她看向他的脸，窗外的夏蝉突然集体尖叫起来，阳光也变得更加刺眼，它们一齐突破玻璃窗的防御。

她点点头，转身对着电脑屏幕。

这个叫作阿伟的新员工，因她冷淡的态度而表现出不安。他不得不再说些什么，他挺直脊背，有些生硬地大声说："以后月姐有什么需要，尽管吩咐我好了。我有不懂的，也请您多多指教。"

"知道了。"她回答。她心里对他初次见面的态度感到认可。她喜欢新员工表现出傻气而不是聪明。公司里新来的实习生，只有通过她的考验，才能转为正式员工，这一点是大家心照不宣的事实，却没有人说出来，人事也不会在面试时便告诉新员工，阿月在公司中扮演着什么样的角色，毕竟她没有什么头衔，从表面上看，她甚至做着全公司最辛苦的工作——值夜班。公司里的老员工都尊敬她，甚至畏惧她，但新来的员工可不会知道——所有的新员工都被安排在她的座位旁边接受考验，她掌握着那个位置的生死。

她由此获得了不少隐秘的乐趣。她观察人，也折磨人。

就在三天前，这里刚离开一个实习生，是一个爱撒娇的小姑娘，长得不错，上班时穿着短裙，露着肩膀。阿月不知道人事莉莉为什么放这样的小姑娘进来，或许莉莉只是想开个玩笑？那姑娘看起来没经历过什么事，也不会看人脸色，竟然对阿月也采取了撒娇的手段，让她教自己做这做那——当然，这确实是阿月的职责所在——培养新人，但她厌恶那姑娘无所畏惧的样子，她把空调开到最大，姑娘不一会儿就开始摸摸手臂和腿，小声抱怨冷，却无人理会。阿月脂肪多，爱出汗，好吹凉风，正在快意之时，实习生起身把空调关了。阿月斜着眼睛，实习生不为所动——是真的对她的怒意毫无察觉。这比故意与她作对更令她生气。阿月不喜欢新人，因为新人对环境不是太过敏感，就是太过迟钝。敏感的人观察老员工们的地位、话语权，猜测他们的家境，预测自己的工作前景；而迟钝的人，他们忽视一切，对阿月表现出的喜怒哀乐毫无反应。

一个月后，姑娘转正前一天，被莉莉叫去谈话，表示不予录用，阿月装作在饮水机前取水，透过玻璃门看见那姑娘委屈又愤怒的样子——她不断询问莉莉自己到底做错了什么。而莉莉则一脸无奈。那姑娘的工作做得很好，没错。可是我们公司根本不需要这样的员工，因为我们公司的工作——连猪都可以做（这是老板发怒时说过的话），此时这句话回荡在阿月脑子里，她忍不住笑出声。她快意地看见那姑娘忍着眼泪离开办公室，笃定地认为 E 部门是她的地盘，她花了许多血汗和精力守护的地盘，所以这里的一切都要合她的意。

她扫了一眼余下的员工，除了玲姐（她来之前玲姐就已经在公司），比自己大两岁的阿欣（和她同期进的公司），剩下的员工都是经过她的筛选才留下的，他们年龄大多在二十五到三十五岁之间。他们都有一个共同点——认同阿月在这里的地位——一种隐性的地位。他们的态度让她感到安全和舒适。

从阿月的二十五岁到三十五岁，她已经上了十年夜班。这十年便是她建立起自己在 E 部门里地位的过程。

十年前的阿月和现在不同，那时她和大多数刚毕业的女孩一样，相貌平平，不会打扮，缺乏自信，能做简单的 PPT 和 Excel，口齿并不清晰伶俐，也不善于与人交往，这样的条件让她在面试时缺乏自信。一份又一份投出去的简历如石沉大海，她在家中闲居半年，忍受母亲唠叨，某天意外收到 E 公司的面试通知。奇怪的是，她从不知晓这家公司的存在，也并未投递过简历。

三天之后，她出现在 E 公司的办公室里，从男主管不耐烦的表情里，她看见自己的模样。她知道自己没有竞争力。她垂下双眼，每多说一句话，她就对自己多失去一份信心。年轻的男主管大约四十岁，他的眼睛看向别处，她不确定他是否听见了自己的话，只看见他的食指关节不耐烦地敲着桌面。

她不断提起自己大学期间参加的社团活动和获得的奖学金。男主管只是懒懒地说："我们这儿不需要太聪明的人，你懂吗？"她点点头，其实那时候她并不懂。男主管说："只要稳定。"她又拼命地点头。最后男主管仔细地打量了她，问她："结婚了吗？"她脸红了，摇摇头。他又问："那么，有男朋友吗？"她又摇摇头。男主管的脸上突然露出结束一场无聊对话的轻松表情，缓缓将背部靠在转椅上。她不知道这两个问句有何含义，但对方的肢体语言提示她，面试要结束了。她突然有些害怕，慌忙补充道："夜班，我可以上夜班。"这句话奇迹般地让男主管再一次坐直了身体，随着他的手肘回到桌面，他再一次打量了她，最后开玩笑似的说道："其实你见到我，已经意味着被录取了。你不聪明，但我觉得你很好。"

彼时阿月不懂得那句话的含义。她在 E 公司的夜班生涯就这样在懵懂中开始了。

阿月所在的公司所经营的主要业务是售卖图片。他们卖摄影作品、各类活动中的明星照片、漫画、插图；他们的用户来源很广：自媒体、新闻网站、报社、杂志社、出版机构。从他们这里购买图片可以避免许多额外的工作和法律纠纷。因为纸媒的衰微和网媒的兴盛，E 公司近年来发展得很好。

在入职初期，阿月曾请教带她的夜班主管霞姐，她们的工作性质是什么。霞姐有些吃惊，似乎从未想过这个问题，

119

但她仍然思考了一阵，然后告诉阿月，虽然她们做的是销售工作，但工作内容更接近新闻行业。因为她们的夜班工作正是为了第一时间出售新闻图片而存在——现在的记者已经很难第一时间奔赴现场，因为人人都有手机，事件现场的照片总是抢先出现在自媒体，有心人将这些照片卖给阿月所在的这类公司，公司再转手卖出。网络让一切变得便捷、高效。而新闻是无时无刻不在发生的，不光是国内新闻，国外也是一样。假若跨越八个时区的某个国家的某处突然在上午十一点发生了什么爆炸案，E公司里却没有人在值班，那么他们就会错过卖出高价图片的机会。夜班的意义就在于此。霞姐告诉阿月，夜班是E公司最重要的工作。"限制一个水桶容量的就是那块短板，"霞姐这样说道，"因此，可以说，我们是E公司最重要的员工。"

在E公司，也只有E部门需要夜班。插画、摄影之类的部门不追求很强的时效性，愿意值夜班的员工总是缺乏。"人们总是想要过跟大多数人一样的生活。"霞姐感叹。阿月却受到了鼓舞，那天阿月得到了一件属于E公司正式员工的文化衫。"看见、发现、创造"——这六个字印在文化衫靠近左胸的位置，贴着员工的心脏。阿月对这一切充满着期待。

在阿伟到公司的这一天，阿月简单地指导了阿伟他接下来要做的工作——在快要下班的时间。日班员工在五点三十分过后陆陆续续离开了，阿月不紧不慢地教阿伟，如何将图片归类，挑出最可能被卖掉的那些展示，又要如何给每一组图片起一个能抓眼球的名字——阿月称之为"新闻性"。"你知道什么是新闻性吗？"阿月问，"你大学什么专业？"阿伟回答："金融专业。"阿月再问："那为什么来这儿工作，不去银行？不去做基金呢？"阿伟回答不出。阿月不再问，伸手按住阿伟的鼠标。她挪动转椅，靠近阿伟的电脑屏幕，将一列图片的标题从"某某路段垃圾车翻倒，撞伤遛狗路人"改为"感动！金毛犬垃圾车下勇救主人"。

"这就是新闻性。"阿月看着阿伟的眼睛说。他俩在这一刻身体距离很近。阿月看见阿伟的耳朵微微红了，他小心地往后躲了躲，但并没有做出大幅度的后退。

过了一会儿，阿伟对阿月说："月姐，你该吃饭了吧？"

小小的火星在阿月面前的空气中闪烁着跳动。她期待着有人陪自己晚餐，但她不允许自己轻易地感到希望。

"对，差不多了，你要回去了吗？"阿月头也不抬地说。

"我还不打算回去，"阿伟轻松地笑着，"第一天来，我想多学点儿东西。"

阿月防备地看着他，不能很快分辨他的真实意图。

阿伟收起眼睛里的那一点儿自信，换了一种有些局促、有些害羞的语气试探着问："那么，我请月姐吃饭，可不可以？"

十分钟后，阿月和阿伟坐在了一家街角的美食中心里。

E公司坐落在上海一个很热闹的地段，周围有不少大型商场、网红餐厅……当阿伟支支吾吾地表示并不熟悉周围环境，询问阿月吃点什么好时，阿月曾想过去一家消费高些的店，但她按捺住了这个念头。她想要戏弄阿伟，想看他无措的样子，但不是以这种方式，和钱有关的方式。阿月自己也过过没钱的日子，在她父亲去世后的那几年，她母亲还是个什么都不懂的家庭主妇，常常找借口让她去亲戚家里吃饭，只为了能吃几口好的。

夜晚的城市，大厦、灯光、车流、高级写字楼里走出来穿着考究的青年男女，阿伟在这映衬下更显得弱小、孤单。他跟随阿月走进热气烘烘的美食中心。阿月找到一家本帮菜，简洁明了的菜单就挂在收银处的墙壁上，阿伟抬头看了一眼，脸色舒缓下来。阿月飞快地点了几样点心，阿伟轻轻咬着左手的食指关节，仔细地选了两个菜，掏出手机买单。

四五个碗碟很快就把一张朴实无华的小方桌占满了。阿月和阿伟各自低头吃了一会儿东西，尴尬的气氛充斥在他们之间。尽管大堂里坐满了顾客，嘈杂的人声此起彼伏，但他们还是觉得不够吵。

总得说点什么，阿月想，但是这棘手的问题应该抛给阿伟。阿月直起身，环顾四周。她喜欢这家店的氛围，热闹、有市井气，这市井气不光让阿伟轻松，也让她感到安全。她已经很久很久没有和一个年轻的男性一同约会，如果这一次算是约会的话，上一次恐怕还是四五年前，那时她的身体还没有现在这么臃肿，对生活和未来的期待也与现在略有不同。

那次和她一起共进晚餐的男性叫Sam，那不是他的真名，只是他在公司里使用的名字，阿月也只记得这个名字。

Sam 同样是实习生，但他的实习只是出于玩耍的心态。他是男主管朋友的孩子，需要一份实习经历。这些都是阿月在他离开之后才知道的，正因如此，在那之前，阿月对他抱有一些不切实际的幻想，比如，希望他留在 E 公司。阿月喜欢他。实习期间，他请她去了一家人均消费很高的日料店，或许请客吃饭只是他社交的习惯，在他短暂离开座位去洗手间的时刻，阿月飞速翻开他搭在椅背上的外套，看了看标牌，那件衣服抵得上她几个月的工资。尽管阿月觉得这位 Sam 未必看得上她，但她从那天开始减肥，精心装扮自己。她甚至想到，如果将来的某一天真的发生些什么，自己的母亲会有多高兴。

Sam 的离开让阿月伤心了一阵。她的生活又回到常规，体重也回来了，并与日俱增。熬过那段日子，阿月现在却只记得署名为"Sam"的工作文件夹里全是错误——她曾那样迁就他，牺牲自己的休息时间默默替他修改，甚至都没有告诉过他。

现在，阿月的面前坐着阿伟。阿月注视着埋头吃面的阿伟，心里想着署名 David（阿伟在公司里的名字）的文件夹。她并没有教他什么，但他工作了一整个下午，竟没有犯一个错误。

"你工作做得挺好的，我很意外。"阿月脱口而出，她本不想这么快就夸赞他。

"啊，谢谢，谢谢阿月姐。"阿伟露出受宠若惊的样子。

"你刚刚毕业？"阿月问。

"哦，不，我已经毕业两年多了，一开始在家乡工作，但想出来看看。"

"哦……"阿月沉吟道，他当然是外地人，她能看出来，"那么你家在哪儿？"

"湖北。"

阿月神思飘忽，她想，如果他和一个上海人结婚……不知道他有没有这样想过，她的目光落在他的脖颈处。阿伟把碗端起来喝汤，小小的喉结滚动着。

"上海房子这么贵，怎么会想到这里来？"阿月说。

阿伟低头不语。阿月还要再问些什么，此时，一对身着长衫、旗袍的男女携了乐器走上一座狭窄的表演台，在食物的热气和沸沸人声中唱起苏州评弹来。阿伟的目光也被这场景吸引过去，他饶有兴致地听着。阿月也听着。两人听的好像不是一个东西，看见的也不是同一个场景。阿伟听不懂，只感受着热闹，阿月觉得凄凉。待那女人唱起："月黑沉沉夜漫漫，风紧铁马隔帘喧。静悄悄潇湘无声息，有一位多情多义婢紫娟……"

阿月突然感到不悦，起身说："买单吧，这已经耽误多少时间了？"

阿月的突然变色让阿伟猝不及防。他马上换了诚惶诚恐的表情，紧步跟随在阿月身后。

在那一晚接下来的时间里，阿月不再和阿伟说话。阿伟原本申请的是日班工作，却一直待到十点才走。他不知道自己做错了什么，离开的时候带着一种失败者的颓丧。

阿月在凌晨五点回到家。天空微亮。母亲已经坐在餐桌边，桌上摆着两碗粥、两颗白煮蛋、一碟小菜。

从几年前开始，阿月的母亲一直催促她去相亲，有时候她认为母亲是在以这种方式羞辱自己。如果令人感到难受可以成为一门学科，阿月认为母亲可以担任这门学科的教授。有很长的一段时间，阿月的母亲都在她面前讲述，亲戚们家里的孩子生活多么幸福，就算小时候成绩最差，高考连专科都考不上的那个表姐，也嫁了一个年薪五六十万的男人。"为什么你过着这样的生活？"母亲质问她，"难道你不应该正常一些？像别的女人那样去找个男人嫁了？""你成天在做梦？"……

最初，这些话的效果对于阿月来说不亚于炸药。她身体里的器官都吱吱叫着膨胀起来，她的血液都冲到她的脑子里。她恳求母亲不要再说，但母亲的声音还是持续在耳边响起："我说的是实话……这些话难道我不说你就不知道吗……我好不容易嫁到你们家，你爸爸害我，你也害我……"

阿月为此晕倒过一次。在厨房里，她正刷洗着自己的饭盒，母亲的话让她倒了下去，不省人事。半个小时之后她醒来，发现自己仍躺在厨房里硬邦邦的瓷砖上，饭盒翻倒覆盖在胸前，而母亲正在卧房里午睡。

"你都是装的……你当我看不出来？"当阿月向母亲控诉时，母亲笑着这样说。

但在许多个日夜之后，阿月最终赢得了对母亲的战役。或许因为母亲年纪大了，无法打一场持久战，也或许是阿月的策略取得了成功——她表演出胜于母亲的暴躁。当母亲羞辱她时，她便还以更恶毒的词语。她砸烂了母亲最喜爱的一只瓷杯，那也是她小时候最喜欢的东西。白白净净、圆滚滚的一只瓷杯，小时候她喜欢摸着它，说那是妈妈的肚子。她砸烂它，并且命令母亲去收拾那一地雪白的瓷片。阿月母亲的眼睛里尽是惶恐不安的神色，就好像她不认识阿月。她蹲下身去，缩成小小的一团，然后伸出手，一块一块地捡拾地上的碎片——一副可怜相，但阿月强迫自己不去同情。她渐渐找到了和母亲相处的办法，并且将这胜利的感悟也使用到了 E 公司中——她要变得强硬。她已经战胜了从小屈服于母亲的自己，她获得了简单的法则——大多数人都会屈服于更强硬的那一个。她开始在 E 公司呵斥同事、辱骂新人。她在检查出员工的错误时对着电脑破口大骂、摔打键盘。没有人敢对她说什么，因为她是这个公司最辛苦的员工——她负责夜班。她牺牲了正常生活，没有人能替代她，也没有人愿意替代。

阿月来到餐桌边，端起母亲盛的粥，母亲的脸在晨光中显出一种温柔又讨好的神色。

阿月没有告诉母亲，其实她早已经按照母亲曾建议的那样，去相亲网站上注册了账号。母亲买的减肥茶，她也断断续续在喝，只是看不到效果。在这一天的早餐时光里，阿月不再制止母亲询问自己的生活和工作。母亲又滔滔不绝起来，她说她相信本地女孩儿不愁嫁，并且叫阿月可以稍微放低标准，但也不要放得太低，阿月点头。母亲得到鼓舞，兴致勃勃地细数她的许多优点：活泼，爱唱爱跳；聪明，得过奥数奖杯；有艺术细胞，学过两年古筝，还曾在社区联谊会上表演过……阿月觉得好笑，那已经是猴年马月的事情了。事实上，阿月自己也不能完全抛弃那些人生中曾有的光辉时刻。在相亲网站上，她上传的照片正是自己十多年前的艺术照，也夸张地强调了自己本地有房，月薪过万的背景。她表明自己不介意男方长相、身高，不介意外地户口，只看人品。陆陆续续地，确有不少人给她发邮件，约她见面。她最终一个也没有去见。她害怕被审视的场合，也预感到失望。此刻，她的母亲正一脸兴奋地跟她讲，小区花园里看到一对情侣，女的长得很不怎么样（还不如阿月你），男的倒是一表人才。"你说，他图的什么呀？他图的什么呀？"母亲的语气并非奚落，倒好像看到一种希望。

阿月不感到生气，但仍装出不耐烦的样子。"够了。"她说。母亲立刻噤声，脸上也并无丝毫不快。

E 公司 E 部门的女人们，除了玲姐是一个八岁孩子的母亲，人事莉莉的情感状况是个秘密，其他女人皆是单身。

阿欣，她比阿月大两岁，算起来今年已经三十七。阿月很少和她聊自己的事，事实上，她几乎和 E 公司里的所有人都没有建立私人友谊。除了能在公司看见的一切，她们对彼此的私人状况并不了解。但是，阿欣是单身，这一点很明了。

在阿月认识阿欣的十年中，阿欣的生活和她的发型、体型、穿衣风格一样从未改变过。她戴着厚厚的近视眼镜，留着简单的齐耳短发，身材壮硕，看起来就像20世纪的女工农兵；她毫无修饰自己的意愿，夏天穿着五分裤，将脂肪堆积的小腿暴露在外，并搭配一双紧绷的弹力运动袜，以及黑色魔术贴凉鞋。这样的阿欣，阿月却看不见她的烦恼。阿欣的目光很少停留在旁的人和事上，她甚至也不关心自己。她的状态使阿月联想到小时候玩过的发条青蛙，只要上了发条，它便不断跳动。阿月怀疑阿欣是一个没有性欲的女人。非但没有性欲，也没有别的一切欲望，否则阿欣的脸上如何能一直保持平和？阿欣总是机械地工作着，到点下班，不犯什么错误，也没有任何创见。阿欣的无趣成了她的保护伞，没有人会和她起冲突，因为和她冲突也使人乏味。

盒子，今年三十二岁。她看起来十分外向，虽然在沉闷的E公司待了七年之久，她的个性仍旧没有多大改变。她的电脑收藏夹里全是社交网站，偶尔被同事看到的几张照片透露出她的私生活似乎非常精彩。曾有员工向阿月举报，盒子是同性恋，并且一直在骚扰新来的女实习生，阿月由此窥探了盒子的内心。盒子曾在一次公司年会上喝多了红酒，向头顶上那个E字母表白说，她爱这里，因为这里没有人在意她。阿月将那实习生打发走，并未向盒子提起举报一事。盒子喜欢女孩、骚扰女实习生，阿月觉得并没有什么大不了，反倒这个实习生哭唧唧的样子令她心烦。不久之后，盒子不知道是从谁那里知道了这件事——或许是人事莉莉，也可能是别的什么人——她对阿月颇为感激，专门给阿月买了一只日本进口的香薰机作为礼物。阿月很愉快地接受了，但她们并没有成为朋友，她们对彼此都没有进一步了解的兴趣。

剩下的唯一一个和阿月关系稍微复杂一点儿的女同事，就是花枝了。她们险些成为朋友。好在阿月及时止步——和同事做朋友是非常危险的——她从不止一处得到这样的信息，这观念在她脑子里根深蒂固。花枝，这个部门里最年轻的女性，工作了三年，现在也只有二十七岁，长相身材都是中人之姿，但放在阿月所在的 E 部门，已经是最具女性美的一个。原本花枝并不在阿月的考虑范围之内，但在她入职前的那两个月，她竟完完整整陪着阿月上了两个月的夜班。她给阿月买炸鸡可乐，也跟着阿月一块儿吃，不到一周她就开始眼结膜充血，黑眼圈、眼袋、毛孔堵塞和暗疮都找上了她。那时候的花枝总是对着阿月感叹阿月的好皮肤——阿月不管怎么熬夜，皮肤总是细腻。这是阿月引以为傲的一点，但大部分人都只能看见她的"胖"。即便如此，阿月的测验仍不是那么容易通过的，在花枝转正的前一天，阿月突然在花枝的文件夹中找到十余处标点、日期和关键词的错误——那是阿月自己改的，她站在办公室中间大声斥骂花枝，而花枝眼中含泪，既不申辩也不愤怒，只是缩着肩膀，像一只暴雨中无处可去的灰麻雀，默默承受着。阿月最终动了恻隐之心，准许花枝实习通过。她原本以为花枝转正之后便不会再讨好她，没想到花枝仍继续陪她上了半个多月的夜班，直到一天花枝在夜班中因低血糖晕倒，摔肿了半个脸，这才作罢。那次是阿月叫车送她去的医院，在去往医院的路途中，阿月握着花枝的手，真正地感到对花枝的同情。她想，花枝真是过于弱小，过于胆怯了。将花枝送到医院之后，阿月不再让她陪自己值夜。花枝的做法隐秘地提高了阿月对于实习生的标准。在剩下的两年时间里，无论男女，都无人能像花枝一样。因此，E部门只是在不断地使用实习生，两年之间来来去去有二三十个。直到这一个，阿伟，又一个愿意陪伴阿月度过夜班时光的人。他和当初的花枝那样相似，又有着根本的不同——他是个男人。

　　阿月已经三十五岁，仍缺乏性经验。她从未与人交流过此事，和母亲也没有。阿月的父亲在阿月中学时去世，当时阿月的母亲也是三十五六岁的年纪。在阿月的印象中，母亲从未交往过男人。年少的阿月一直认为那是极自然的事情，但随着年纪增长，却有些好奇母亲这些年如何解决生理需求。阿月喜欢在工作间隙和失眠的时候刷网页，到处点击各类女性情感论坛，她喜欢隐匿在网络之后的那些陌生人，她们毫不避讳地分享自己的情感，豪放地讲述自己的生理需求。她有时候也会编造自己的经历，求得共鸣——她不觉得那是虚假的。在为数不多拥有好心情和健康睡眠的日子里，阿月的身体会在某一天中的某一刻涌起一阵强烈的欲望。有时候，阿月会想要留住那种感觉，也想要努力激发它，让它到它想要奔赴的极限去。

在阿月已经远去的大学时代，她曾经有一次非常接近的体验。她和同一社团的一位男同学有过短暂的交往。因为一次预防艾滋病的宣讲活动，阿月和那位男生一起用香蕉向大一新生展示了避孕套的正确使用方法。他们在人群中间站得笔直，就像中学时的升旗手那样，面带微笑，男生手持香蕉，而她则演示避孕套的戴法。那天活动结束之后他们便开始了交往。那男生并不是阿月的理想型，他有些丑，牙齿突出，身材瘦小，皮肤黝黑。阿月想，自己也未必是他的理想型，她那时候已经开始发胖了，但她有她骄傲的地方，她的皮肤白净细腻。阿月自以为屈尊与这位男生交往，只有她心里明白是什么原因，她急切地想要了解男女之间的秘密，或许他也是一样。他们在一起尴尬地吃了几顿饭，聊了一些谁也记不住的话题，两人便翘课去了男生宿舍。男生的宿舍床上盖着他从家乡带来的，或许是母亲或祖母缝制的一床大花棉被，阿月钻了进去，那里面充满男性皮肤的油脂和汗液的气息，她并不觉得讨厌。他们最终没有完成最后的那一步，阿月有些犹豫，脑子里关于婚嫁和"好女孩"的观念困扰着她，而男生不得其法。他们不久之后便分手了，阿月当时并不觉得可惜，现在也不后悔。但关于那一次经历的画面总是回到阿月的脑子里，阿月将其虚化并且美化起来，每每身体中欲望升起，那些碎片般的记忆便重组起来，为她提供想象的材料。

阿月工作后，并没有多少机会接触到男性。除了上司，跟她关系最紧密的只能是公司里的其他员工。E部门在历史上只有一个男性，工作一年之后便辞职了，阿月此后接触的都是男实习生。Sam 并不是唯一一个她有过幻想的男性。事实上，阿月将她所见的每一个男性都列入过考虑范围。当然，不会有人合她的意。换句话说，她也没有合别人的意。好在她在这里是有地位的，因此她能够很漂亮也很有尊严地赶走让她心神不宁的人。在工作上对男性的折磨替代了一部分她对他们产生的生理欲望。她无知无觉地享受着这一点。

阿月向来只教给实习生一些基本的操作，然后等着他们犯错，至于他们犯错之后，阿月想要怎么样，全看她那一天的心情。

让阿月感到奇怪的是，阿伟一直没有给她这个机会。阿月总是充满期待地打开署名为 "David" 的文件夹，里面永远干干净净，没有一个错误。

怎么会这样？阿月疑惑，的确，E 公司的工作并不难做，它琐碎、枯燥，但正因如此，它容易令人疲惫、犯错。员工们需要靠自己的压力而不是靠智慧来完成这样的工作，她正是那个施予压力的人。阿伟的表现让阿月在他的面前无所作为，二十分钟过去……半个小时……一个小时……

阿月突然意识到日班就要结束了，时钟上的指针正缓缓朝数字六走去。

时针指向六点，上着日班的同事们陆陆续续离开了，虽然规定的下班时间是五点，但大家都很自觉，没人在六点前离开。当她们经过阿月时，都亲热地对她说 bye-bye，那是她们一天中仅有的对话。那话语里面洋溢着真诚的快乐，下班了，她们的工作结束，而阿月的工作才开始。阿月的体温一下子升高了，她焦虑起来，她又要开始一个人的夜晚，在她身边这个灰蒙蒙的、散发着男性体温的身体，很快也会站起来离开——她昨天对他的态度并不好，他还会和她说再见吗？她没有找到他的错误，无法对他施加任何折磨……他要走了吧。她低下头，像等待审判一样等待着他的离开。他下班之后，会有什么样的生活呢？

时间一分一秒过去，夕阳的光在高楼的缝隙间来回折射，闪动着熄灭了。夜幕慢慢降临，但奇迹在发生着——阿伟仍然没有离开。偌大的办公区，安静了，也生出凉意，他周身散发出的温度和气息令她更想要靠近了。

几十盏大大小小的灯明晃晃地照着缄默的两个人。阿月的脑袋里浮现出一场在校园里看过的话剧，此刻她不是观众，而是被灯光笼罩的女演员，她期待着剧情发生进展。她突然开始下意识地整理起自己的头发，她一头浓密的黑发也是她的骄傲——有几个人熬夜还能拥有这样一头茂密的秀发？

阿伟突然打了个哈欠，阿月看向他，二人之间的气氛轻松了些。

"月姐的头发真多啊，而且很有光泽。"阿伟说。

她很快乐地笑了。她惊讶于自己没有控制住这个表情。阿伟的赞美超出她的预期。

"你看我。"阿伟对着她撩起自己前额的短发，"我发际线已经这么高了，快要秃了。"

阿月放声笑起来。她是真的感到快乐，虽然她也怀疑阿伟在有意拉近二人的距离——他心里真的赞美她吗？

十分钟之后，阿月和阿伟再一次坐在一家餐厅里。这次是一家港式茶餐厅，开在附近一家商场的地下一层，人均消费不高，阿月回请阿伟。

阿伟开过的玩笑还回响在阿月耳边。阿月想要确认些什么，看着阿伟说："你不像是个善于言谈的人。"

阿伟想了想，说："确实不是。"又积蓄一番力气，反问阿月："那你呢？"

"我也不是。"阿月笑道，但他们的对话无法再进行下去。

阿月和阿伟似乎默认了彼此的距离已经拉近，因此都换上了笑容，但紧张的气氛仍然环绕着二人。

阿月低头点了鸳鸯奶茶、一口西多士、炸鸡翅和薯条，将菜单推给阿伟，阿伟把菜单上上下下看了几遍，点了一碗云吞面。

二人无话。

阿伟打量起餐厅的布置，正想以此打开话题，阿月抢先说道："你今天下班怎么又没回去呢？"

阿伟有些不好意思地说："刚来公司，想把各方面的工作都了解一下。"

"包括夜班的工作？"阿月感到诧异。

阿伟点点头，肩膀微微前倾，试探性地问了一句："可以吗？"阿月的表情让他疑心自己侵犯了她的领地。

"噢，当然。"阿月说，同时将后背贴在直角沙发上。他们之间的距离被拉大了，阿月靠在沙发背上想……这是真的吗？他想要了解夜班工作？

"你想上夜班?"阿月问。

"噢,不不,"阿伟连忙摆手,"我只是想了解一下公司的方方面面。虽然我只做白天的事情,但是新人了解一下公司一定是有好处的吧?"谈及工作,阿伟似乎又自信起来。

阿伟的滔滔不绝让阿月感到不适,他对生活和工作的期许和热情让阿月重新感到孤单,理智在这一瞬间犹如冰冷的海水灌进她的身体。她看着阿伟,讽刺地说:"你知不知道,公司里不需要太聪明的人?"

阿伟一愣。

"我第一天来,老板就告诉我,公司里不需要太聪明的人。你那么聪明做什么?难道你想当老板吗?"阿月说,表情似笑非笑。

阿伟看着阿月的脸,琢磨着她的表情。

"你以为这个公司有什么可了解的?方方面面?你以为这是你需要了解的吗?你永远也当不了老板的,你现在做的事情就是你以后一年、两年、三年、十年要做的事情,你懂吗?你想从我这学到什么?"

"我……"阿伟慌张起来,用微弱的声音解释着,"我当然可以从月姐……我并不是一个功利的人……我只是……"

阿月不再说话。

阿伟低下头。阿月看不见他的表情,也不想看。他们点的食物已经全部上齐,阿月专注地吃着自己点的那一部分,而阿伟只吃那碗云吞面。阿月想,饭已经回请,她不欠他什么了。她憎恨对面这个男人放松时的样子,哪怕只有短短一瞬。男人们总以为在她面前有些优势，他们一旦放松就无法控制自己。或许她多虑了，他并没有轻视她，但她要让他知道，他并不比谁聪明，他也只是一个实习生。

几分钟后，一对男女坐在了阿月和阿伟相邻的那一桌。他们也像阿月和阿伟那样各自点了食物，不再说话。不合时宜的安静让这两边的男女都注意到了对方那一桌。四人的目光短暂地碰撞在一起，又礼貌地收了回去。阿月一边玩着手机，一边慢吞吞地享受着自己的食物，阿伟早已把一碗云吞面连着汤喝了精光，却也不敢催促阿月。他们继续沉默着，隔壁桌的气氛不知道从什么时候竟开始热闹起来，那对男女似乎找到了共同的兴趣，就着一个综艺节目说笑了半天，后来他们互相问对方：哪里人？在哪里工作？年薪多少？买了房吗？有没有房贷？

自上一次不欢而散后，阿伟和阿月的关系变得紧张。阿月有时候会突然提早赶到办公室，她想看阿伟是否和其他同事有交流——她见过阿伟在走廊里和莉莉笑着打招呼，似乎还说了几句玩笑话。她不喜欢这样。还好，阿伟似乎和办公室其他人并没有任何要熟悉起来的迹象，大家依然各自做着手头的事情，除了打字、桌椅、空调和饮水机发出的响动，办公区里十分安静。阿月是唯一可以将说话声提高八度的那一位，她有时候会滔滔不绝地说起和国外某个摄影师的私人交情，说给公司提供作品的某某人士一定要请她去和平饭店吃饭，并且送她一瓶香奈儿的香水。与此同时，她的电脑页面一直停留在阿伟的工作文件夹，她像一个狩猎者，终于捉住了阿伟一两个微不足道的错误。她并不看着阿伟，也并不指名道姓，只是在座位上捶打键盘，对着电脑大声呵斥："两百号这一条是谁做的！这犯的是什么错误？眼睛瞎了吗？大白天在做梦吗？"

只要阿月暴怒的声音响起，部门里的每个人都会默默去看看自己的图片编号。只有玲姐这样的老员工无动于衷，她的资历比阿月还要老，但她毫不在意自己在公司里的地位。她与人和善，也从不阻止阿月发脾气，曾有被阿月训斥过的实习生找到玲姐，希望她能为自己说几句话，玲姐只是回应礼貌的微笑。她的世界并不在公司里。她桌面上摆满了女儿的照片，在每天完成工作量之后便匆匆赶回家里，那才是她生活的地方，别处的人和事说到底和她无关。

阿月用余光观察着阿伟，她看见一阵潮红正从他的脖子蔓延到耳根。阿伟在自己的文件夹里进行了改正，并没有向她道歉，或许他已经不敢和阿月说话，阿月对此感到一瞬间的得意，但她的情绪很快又陷入了低潮。

阿月对阿伟生出一些同情。虽然回忆起那一天的晚餐，当阿伟大言不惭地说自己要"了解公司的方方面面"时，阿月认为他面目可憎，但这一刻他的确是个可怜鬼。阿月不无失落地想，被这样对待，阿伟坚持不了几天就会走了，让他走，新的实习生会接替他。

可阿伟并没有离开。非但没有离开，他甚至依然坚持待到夜班，哪怕阿月一句话也不和他说。他默默坐在电脑前编辑着词条和图片。一天下来，他的工作量惊人。

这真的只是为了工作吗？阿月想。她已经和阿伟一起上了两个星期的夜班，有时阿伟只待两个小时就离开，也有一两次，他趴在桌上睡着，醒来时窗外已经微亮。阿月确实感觉到她和阿伟之间有了一种亲密的关系，尽管他们什么话也不说。偌大的公司里，只有他们两个。这许许多多空着的座位，他们两个的座位挨着。在静谧的夜里，阿月感受着他的存在，她知道，他也能感受到她。她不知道这一切为什么会发生，但这一刻是确定的，他们在互相陪伴。阿月不能否认，她喜欢这样：身边有一个并不讨厌的男人陪伴自己。或许并不只是喜欢，她向往这种感觉，她潜意识里极度渴望这件事发生，渴望已久。她生活里极少有发自内心感到快乐和舒适的时候，她希望这一刻就是永恒。

阿伟熟睡时，阿月得以观察他的样子。他有一个饱满的后脑勺，这让她联想到他婴儿时期可能会有的睡姿。阿月的母亲特意让婴儿时期的阿月睡成了一颗扁头，认为那样才好看，可现在又流行圆形饱满的颅骨了。阿月想，不知道阿伟的父母是什么样的人。阿月凝视着阿伟的后脑，发现阿伟的头顶有两个旋，这让他的两圈头发之间挤出一簇不服帖的毛发。阿月意识到，这些只有和阿伟很亲近的人才能看见。她微微地将座椅转向阿伟，用手撑着下巴，她的目光滑过阿伟的脑袋、脖颈、肩膀、手臂……那一刻阿月无须防备，也无须控制自己，如果有人在这时给她一面镜子，她会知道自己的眼睛有多么温柔。她的眼睛出卖了她的心。可是她自己不知道，阿伟不知道，在黑暗中，也没有任何人能发现阿月眼睛里特别的东西，告诉她，她潜藏的爱意。

经过那一晚——阿伟在阿月身边的办公桌上睡着，阿月的心彻底柔软下来。虽然她并不主动和阿伟说话，阿伟也并不和她说什么，但她能感觉到，他们之间那座泥沙筑起的大坝正在河流的涌动中加速消失。她心境平和了许多，不再砸鼠标，不再对着电脑大声呵斥；生活习惯上也改善了一些，减少了喝奶茶和可乐的次数，在购物车里加了瑜伽垫，偶尔还会在自己电脑后面的广口瓶里放上一大束鲜花。阿伟，他则每天专注于自己的文件夹，不试图从任何人那里获得友谊或帮助，包括阿月，这让他显得很有尊严，也增加了他在阿月眼中的光彩。而他们二人之间无声的夜班工作仍然进行着，就像一个缄默的约定，一个无人知晓的秘密。

阿月再一次陷入类似恋爱的心情。渐渐地，阿月和阿伟会在夜班结束时道别，偶尔会互道几句关心的话。一天、两天……这样美好的夜晚持续了两周半。阿月突然想要做些实质性的改变了。

这一天，阿月入睡比平时迟了三个小时，时间大概是上午十一点。虽然入睡艰难，但睡眠质量却不错，当阿月醒来时，夕阳已经将客厅铺得黄灿灿一片，她的母亲正在餐桌边小口吃着晚饭。阿月猛然意识到她错过了什么，从床上一跃而起，踩着沉重又凌乱的步子来到客厅。母亲见她顶着一头杂草般蓬乱的头发，邀请她一起吃晚餐。

"不用了，来不及了，我外边随便吃点。"阿月说完，却并未出门，而是在匆忙洗漱之后，又转身回了自己的房间。

阿月打开了自己的衣橱。

她的衣服很乱。阿月通常不允许母亲为她整理，因为母亲一旦整理起来，就会生发出没完没了的建议，母亲的分类方法也让她对自己的东西感到陌生和茫然。自工作以后，阿月一直很喜欢买东西，她的大多服饰物品都来自网购，这样比较便宜，也可以避免在苗条的导购小姐面前试衣服的尴尬。有些导购小姐总会想着法子夸赞她，她受不了她们说"您其实也没有很胖"，说"您再瘦一点儿就完美了"也不行。还有一些没礼貌的导购女孩，她们会在她试穿过却不打算买的衣服上找到一大块汗渍，让她当着其他顾客的面下不来台。她渐渐不去商场了，但依然喜欢购物，在工作最忙的时候她往往消费最多，上厕所的那五分钟里就够她下单买一支口红；站在饮水机边接一杯水的那十几秒，她滑动手机，便能支付一条裙子。失眠的时候她也会打开淘宝买点儿什么，消费越多她就睡得越快，购物比安眠药还管用。这日积月累的购物使得她衣橱里拥挤不堪，如果某一天她突发奇想要穿一件记忆中新买的 T 恤，她可能需要把半个衣橱里的东西都刨出来才能发现它。在那过程中，她会不断发现自己买过的及膝袜、比基尼、露脐装、S 码的牛仔裤、波希米亚吊带裙等等她可能永远也不会去穿的东西。

此时的阿月便坐在这堆五彩斑斓的衣物中间挑拣着，一件一件朝着镜子比画。她的心情很好，每件衣服都让她看见自己不一样的可能，但她不能太夸张。最终她选择了一条枣红色的长款连衣裙，那是一条带着运动元素、十分宽松的棉质连衣裙，枣红色让她的皮肤显得更加白皙，而直筒的设计也使得她腰臀的肥胖不那么明显。让她最为满意的一点则是：裙子的长度恰好到脚踝，那是她全身上下最纤细的一处，她完全可以自信地认定，如果人们只看这两只脚踝，绝不会认为它们的主人是一个胖子。它们是属于一位娇俏少女的脚踝，玲珑可爱。她感谢母亲把这个特征遗传给了她。

阿月穿好衣服之后，顾不上把橱子里涌出的一堆东西塞回去，踮着脚走向客厅。在电视机旁边立着一座巨大的穿衣镜，她右手攥着几支口红，左手拿着一包纸巾，站在镜子前耐心地涂抹着。

"好看。"

阿月吓得肩膀一耸，转头看，母亲不知道什么时候已经打开了卧室的门。她倚在门边，正注视着自己。

"哎，你吓我一跳。"阿月有些心虚地抱怨。

"约会啊？"母亲问。

"你说什么啊！鬼才去约会。"阿月否认，迅速回到房间，拿了小挎包就要走。母亲突然追了出来，在门口递给她一顶大大的宽边遮阳帽。

"戴这个吧，我去年夏天买的。你这身配这个，好看。"

阿月一笑，指着外边说："现在都几点了，还遮什么阳。"但仍接过母亲手中的那顶帽子，戴在头上。

几分钟后，阿月骑着自己的小电驴——一辆电瓶车，在马路上忽快忽慢地行进。正是晚高峰时间，道路拥堵不堪。事实上，即使阿月睡到晚上八点，也不会有人管她。一个人为了公司付出到如此地步，昼夜颠倒，远远超过公司规定的工作时间和工作量，谁管她几点来上班？这也是她的特权，况且，夜班的开始时间本来就在八点以后。阿月这样拼命赶路，只是为了在日班结束前赶去她的座位。她不喜欢去一个空荡荡的地方工作，她要在所有同事都在的时候登场，让她的鞋跟重重地敲打地面，让她冷峻的目光扫过每一个人的脸，这是一场属于她的仪式。不管人们喜不喜欢她，她很重要。

　　这一天是个好天气，虽然马路上车多，风还是有夏天的清爽。阿月在夕阳下看自己裸露出的皮肤，它白净、细腻，有着年轻女性特有的光泽。母亲给的遮阳帽是有用的，夏天的太阳总是迟迟不肯落下，即便距离很遥远，它的光芒和温度依然传达过来。阿月看见自己的影子斜斜地映在地面上，漂亮、时髦。那是一个纤细的影子，修长的小腿、优雅的脖子、宽大的帽檐。如果一个人只有影子该多好，用这样一个影子去上班、去约会，她会所向披靡。阿月的心情极好，她觉得这一天什么都好，空气也好，路上的风景也好。她用和善的目光注视着她所遇见的一切，偶尔会有行人看阿月一眼，阿月回报以微笑，她知道今天的自己看起来不错，虽然她还是太胖。行人会怎么想呢？这个女孩瘦一点一定会很漂亮。她知道会的，一定会有人这么想。

　　阿月左冲右突，闯了几个红灯，仍然没有在六点左右赶到公司。当她在办公楼下安置好她的小电驴时，天色同她的心情一起暗下来。她失去了力气，拖着步子走向一楼那台破旧的电梯。那场景就像恐怖片似的：一袭红裙的她，长发被风吹乱了，站在一扇锈迹斑斑、贴满小广告的电梯前……她在电梯上升时打开化妆镜，梳理头发，重新擦上口红。这一系列的举动让她重新找回一点信心。

安静的大楼里，电梯在上升时发出隆隆的响声。阿月站在里面，等待着自己的出场。

可这是怎么回事？公司里暗暗的一片。停电了吗？这种事情不可能发生在这繁华的地段、商业中心。阿月带着不好的预感按下开关，环状分布在办公区各处的照明灯一圈接着一圈，次第亮起，这场景正像电视剧里的那种惊喜派对，灯亮之后便会有鲜花、啤酒、蛋糕、欢呼和尖叫声……什么都没有。阿伟不在这里。他坚持了这么久，为什么？

巨大的寂寞裹挟着阿月，她盯住他空空的座位，拉开他的抽屉。他的东西还在，不值钱的小东西，笔记本、红蓝圆珠笔、眼药水……

阿月走到窗边，她感到极度闷热：她进了公司之后忘记打开空调，只傻愣愣站在办公桌边，足足十分钟的时间都在发呆。她伸出手去拉窗户，在蓝色玻璃的倒影中，她看见自己的头发已经被汗水浸湿，它们像无数条细小的蛇，缠绕着她圆滚滚的脖子和手臂。她对着自己一笑。她的眼妆花了，懒得擦。

凌晨四点，阿月骑上自己的小电驴，打算回到家里。她比平常早出发了两个多小时，因为这时候她的母亲正在熟睡。她抱着侥幸的态度，希望自己回去时母亲不会发现。退一步讲，就算母亲发现了她，这晦暗的天光也将帮助她掩饰自己的沮丧，只要她回去之后径直走向卧室，母亲也会很快回到自己的床上。那么几个小时之后，当她们再次醒来，这一天将一切如常。

　　阿月把小电驴开得很快，凌晨的马路上不算热闹，也不那么冷清。一些载满货物的大货车在阿月另一边的道路行驶着。阿月这一天的打扮还是起了些作用，它们吸引了一些本不在阿月世界中的人。每一个司机经过时都会看一眼阿月，这个时间有年轻女性在马路上骑小电驴确实很少见，阿月的出现让这些疲惫的司机醒了醒神。薄雾笼罩着她，阿月的皮肤显得更白了，一层细密的水汽裹着它。远处人行道上，有几个穿着黑西装的房产推销员互相搭着肩膀，歪歪斜斜地走着，大概是喝醉了。阿月经过的时候，听见他们在唱歌，声嘶力竭地，年轻的声音。阿月想，他们，货车司机、房产推销员、阿月，他们都一样。

　　可归途之中，阿月的坏运气仍持续着。一个同样骑着小电驴的中老年男人追上了她，然后保持车速，和她并排行驶着。阿月急急地瞥了那男人一眼，心里暗叫不妙。那男人的眼睛正毫不避讳地盯着她，上上下下打量着。阿月还从未被什么人调戏过，但女性的本能让她明白这个男人的企图。她加快了速度，但他又追了上来，霸道地把她挤到路边，只给她留下狭窄的空间骑行。

"哟，小妹妹。"那男人开口道。

阿月不看他。

那男人加速驶到她的右前方，转头看了看她的脸。

"化妆了啊？熊猫眼，哈哈哈哈哈……"

他喝醉了？嗑了药？还是觉得阿月是一个可调戏的女人？这些不重要，阿月不看他，只希望他自觉无趣，放弃脑子里那些愚蠢的念头。

"小妹妹，哥哥不觉得你胖。"那男人大声对她说。

……

"哥哥爱你。"

……

"他们不知道胖女人的好处……"男人朝她挤眉弄眼，"你知道男人的好处吗？"

阿月又体会到了血液在体内横冲直撞着上升的感觉，它们现在都挤在她的脑子里了，头好痛。

阿月靠着路边停下，男人也在她前面停下了。他没有下车，只是观察着她，笑着。

好，既然这样，那么正好。阿月突然加足马力，朝着前方连人带车地撞去。那男人惊恐万分，立刻发动车子狼狈逃窜，可这时他又不够快了。阿月的车轮几次撞到他的车尾。他嘴里骂着污言秽语，但这只让阿月感到更加兴奋，她加大马力，紧追着他不放。于是在这凌晨五点多的马路上便出现了这样一幕：一个两眼乌黑、披头散发的胖女人，骑着小电驴，疯狂地追逐着另一只小电驴上的中老年男人不放。

阿月追逐着那个男人，劲头十足，像草原上的猎豹那样具有耐力。最后，这一追逐中的路程和时间都超出了二人的想象。那男人从骂骂咧咧到默不作声；不久，他回头叫她大姐，求她放过；最后，他骂她是精神病。阿月并不理会，她一直追着他，追到太阳升起来，追到马路上的车流渐渐变多。

阿月回到家时仍保持着极度的兴奋——她撵着一个男人跑过了十几条街，那个本想欺负他的男人，喊着大姐、姑奶奶，求她放过。原来嚣张的男人只不过是个怂包。她想着那张猥琐的脸上愤怒又无奈的表情，只想大笑。

阿月推开家门已是早晨八点，母亲正坐在餐桌前缓缓吃着早饭，面前放着豆浆、油条。阿月渴了，她端过母亲的豆浆一饮而尽，然后气喘吁吁地向母亲描述自己方才遭遇的一切，但母亲看着她的眼睛里净是惊愕、害怕……最后变成了同情。阿月的母亲突然捂着嘴巴哭起来。这太糟了……

阿月也哭了。母亲抱住她，母女二人哭成一团。阿月想，这场景真是尴尬极了，除了她父亲去世那次，她和母亲再没这么干过。可是她又能怎么样呢？

结束了吧？阿月想。当她第二天看到阿伟时，她也这样想着——他们二人独处的时光结束了。

但在这一天的工作中，阿月仍不受控制地看向电脑屏幕下方的时间。那里的数字不断地变动着，多么奇妙，流动着的时间，被标记成这样刻板的数字。六点……六点二十……

六点三十五……六点四十五……六点五十……

"为什么你还不走?"阿月忍不住问他,她听到自己的声音里有愤怒,但又害怕那愤怒再一次惊扰到他。

可阿伟看起来那么平静,像是察觉不到阿月声音里的异样,又像是察觉到了,却不在乎。

"我为什么要走?"他笑道,"这里难道禁止加班吗?"

阿月感到疑惑不解。

"我说过想要了解夜班工作啊,月姐。"阿伟继续露出笑容。

阿月专注地看着他的脸,她突然觉得他们两个好久都没有见面了。阿伟会继续陪她上夜班,此刻没有什么比这件事更重要的了。她由衷地感到快乐,她没有掩饰,笑容久久地停留在脸上。她想,他们之间已经没有界限了。她向他说出了凌晨时发生在自己身上的事情。她是当作一个笑话来讲的,一边说一边手舞足蹈。

"我很厉害,对不对?"阿月问。

"很厉害啊!"阿伟做出要鼓掌的手势,但又停下来,认真地说,"但女孩子还是要注意安全。"

阿月用探究的目光看着阿伟的眼睛,似乎在里面找到了她一直想要的东西。

阿月已经足够快乐了,但她这一天的好运竟还没有结束。阿伟向她请求让自己分担她的一部分工作,这样阿月就可以提前下班了。阿月向他解释,夜班是为了和外部联系,提前下班是不可能的。

"很遗憾，不过，谢谢你的好意，我很感激。"阿月不再吝啬说出这样的话。

阿伟再一次对着阿月露出认真的表情，"我想和月姐做朋友，真的。"

"我们已经是朋友了啊！"阿月笑。

那一晚阿月和阿伟在办公室里点了炸鸡和啤酒。他们要在上班时间里打破禁忌，庆祝一番，庆祝这突然的友谊。在办公室里喝酒，这也是阿月的特权，她可以这样做，一切都在掌握之中。她甩动着啤酒罐，故意对着阿伟的脸喷酒泡沫，故意装作惊讶地尖叫。她从未这样做过，她甚至也惊讶于自己的表现。这样的女孩，会招人喜欢吧？她看着阿伟的脸，他的脸上确实是快乐的神情，他几乎吃了一整只炸鸡，毫无芥蒂地在阿月面前打着饱嗝，又喝了许多啤酒，一罐接着一罐。阿月举着被她倒空了的啤酒罐子，自始至终只吞下一口酒，淡淡的苦涩味道——她不喜欢喝酒，她喜欢奶茶和可乐。

阿月冷静地看着阿伟进入醉态。都说人喝醉以后会说些真心话，可阿伟什么也没有说，但他确实是醉了。炸鸡好像也不太干净，阿伟中途有一次跑去了厕所，上吐下泻。阿月倒没什么不良反应，她追在阿伟后边照顾他，拿着热毛巾等在男厕所外面。她扶阿伟走在回办公室的走廊上，阿伟一只胳膊搭着她的肩膀，好几次指尖垂下来，隔着衣服触碰到她胸前的肌肤。阿月并没有躲闪，她默默地幻想着，在这样的场景中，他们就像是一对结婚多年的老夫妻。

阿伟最后睡在了阿月的那个小房间里。他的一身酒气侵略性地占据了整个狭小的空间。阿月帮他脱了鞋子，他的袜子也散发出浑浊浓烈的气味。阿伟四仰八叉地倒在床上，阿月站在床边俯视着他，突然记起中学时候偷看的一些浪漫小说中的桥段。她想，现在就是她的机会。或许明天，阿伟就会成为她的男友。

这个想法第一次明晰地出现在阿月的大脑中。这让阿月产生了一种新奇的疑惑，她发觉自己从未好好思考过这个问题：她真的喜欢阿伟吗？眼前这个狼狈的、醉酒的男性，她今晚看见他丑态百出，现在的他对她并没有什么吸引力，甚至，她有些懊恼他弄脏了自己的床单。但数天之前，当阿伟趴在办公桌上，只有后脑勺对着她，月光洒在他的头发上、肩膀上，她感到熟睡的他身体散发出热量。那一刻她明明想要拥有他，那样强烈的渴望又是什么呢？阿月不懂。她走到窗前，看向外面的世界，意图甩开这一切杂芜的念头。

那个夜晚终究什么也没发生。为了阿伟考虑，阿月没有任由他睡到早晨，他醉酒的样子可不能被公司里的任何人看见——清洁工也不能，她和老板家的保姆是亲戚。为了保险，阿月甚至去厕所拖了地。凌晨五点，阿月叫醒阿伟，用自己的打车软件给他叫了专车。阿伟十分内疚，对着阿月连连道歉，走的时候嗓子嘶哑、头疼。阿月伸手摸了摸他的前额，确认他没有发热，将他推进车里，叮嘱他回家多喝热水，好好睡一觉，她会帮他请一天的假。之后，阿月骑着小电驴回到自己家，母亲正在准备吃早餐。

阿月在母亲身边坐下，和母亲一同将一根油条撕扯成两半。母亲看出她有心事，却不敢问。

"你真的希望我结婚吗？"阿月问。

母亲突然凑近，仔细地看了看她的脸，笑着说："怎么你好像一夜长大了？"

阿月的手机轻轻振动了两下。她滑开屏幕——阿伟已经到家了。阿伟住的地方离公司非常远，打车软件上显示一笔颇高的车费，她点开支付软件，按下自己的指纹。

第二天上班阿伟果然没有来，阿月替他向主管请了假，说他犯了急性肠胃炎。主管突然向阿月询问对阿伟的看法，因为他再有一周的时间就该转正了。

阿月低下头，一时之间难以表达自己的看法。阿伟工作没有问题，这没错，可她不确定的是阿伟和自己的关系。她清楚，自己想要的并不是一个好朋友，而阿伟的态度……阿月对于男女之间的事情实在缺乏经验，先陷入爱情的那一个总是不自信的。如果阿伟和她之间没有别的可能，她恐怕不能忍受和他继续共事下去……

"阿月。"男主管用食指关节敲了敲桌子。

"这问题很难回答吗？"他显然对阿月的表现感到疑惑。

"对不起主管，"阿月轻声说，她果断从游离的状态中抽身，深吸一口气，说，"我最近晚上太忙了，你知道的，澳大利亚森林连续三次大火，总是在更新，野生动物被烧死的照片卖得很不错……我没空管实习生的事情，他应该还好吧。"

"噢……"主管看着她，若有所思的表情，"那么你注意身体，好好休息。"

主管的问话让阿月警醒。确实，距离阿伟转正的日期已经很近，她必须确认自己的心意，也必须确认阿伟的想法。她不能再任由这一切暧昧不明地发展下去，阿伟一旦成为她的同事，她便无权让他离开。如果到了那一天，她要怎样和阿伟相处呢？她好不容易在公司建立起的、属于她自己的那一块相对舒适的区域……没有任何一个人能够干扰她的情绪，这一切不能被破坏。

那天夜里的值班索然无味，迟迟没有电话打来。阿月搜索各大网站的新闻，看论坛，看贴吧，看微博……澳大利亚的森林大火已经熄灭了，曾经那么来势汹汹的灾难，终究也会过去。几天之中，关于野生动物惨状的照片通通卖光，她又为公司做出一笔业绩了。因为看了太多奇形怪状的、烧焦的动物，这几天阿月没什么胃口，没有吃肉，精神也不佳。凌晨三点，阿月恍恍惚惚陷入睡意，一只电话突然在寂静中炸响，整个办公桌都跟着它振动起来。

"喂……"一个沙哑的男人声音。

"你好，这里是 E 公司，请讲。"

"你好……我有一个鳄鱼被烧死的照片，想卖给你们。"

那男人的嗓音撕裂、语速缓慢，带着西部某处方言的腔调。也不知道是什么线路出了问题，他一说话电话里就噼里啪啦直响。阿月起了一身鸡皮疙瘩。

"澳大利亚有鳄鱼被烧死吗?"阿月好笑地问。

"澳大利亚没有鳄鱼被烧死吗?那蝙蝠串在铁丝网上被活活烧死的视频,要不要?"

"谢谢你,澳大利亚的火灾已经结束了,请不要虐待动物。"阿月挂了电话。她知道之前也有不少伪造的火灾照片混在真实的照片里。因为袋鼠趴在铁丝网上被烧死的照片让许多人为之心碎,为之付出金钱,于是便有人如法炮制了兔子挂在铁丝网上被烧死的照片、树懒吊在铁丝网上被烧死的照片、鸵鸟困在铁丝网上被烧死的照片……有些造假的痕迹太明显,有些则是真的,只不过并不发生在澳大利亚,甚至不发生在森林里。只要角度合适,在一间农家的后院里就能拍出相似的效果。

残忍……阿月想,可如果一件假的事情能让所有人都信以为真……她不愿意深想,换一个现实点的方式就好理解了:如果一张青蛙手持树叶用作雨伞的照片能够让她赚八十美元,尽管她知道青蛙的后腿被人为折断,前腿被胶水和树叶固定在一起……会的,她会卖的,毕竟她的工作就是卖图片而已,她又不是没卖过。她安慰自己,如果现在她从事的是动物保护行业,她也会尽心尽力,追查到底。

这些无关的念头在她大脑中游走,她突然受到一些启发:当没有新闻的时候,就要制造新闻。她的心脏加速敲打着她的胸腔,她明确了自己的计划。

凌晨三点四十分,阿月站在了公司的货梯里。

阿月对这间货梯的不满持续多年。它肮脏，充满铁锈和腐臭的味道，有时候里面会出现一摊狗尿，更严重的时候甚至会有人的排泄物。她不清楚它都运送过一些什么东西。这栋大楼一共有二十层，阿月所在的公司只占着一层而已。至于其他层都有些什么，阿月从未关心，也从不好奇。

启发阿月的，不只是虚假的新闻照片，还有公司里前些天发生的一件意外：清洁工大婶在一次下班时被困在这货梯里，她按紧急电话，正是饭点，维修人员来得迟了，这大婶胆子小，竟在电梯里吓得晕过去。据说维修人员给她就地急救，人工呼吸都用上了。大婶醒来时满脸通红，连一句道谢也没有就羞臊得跑了。这事情是人事莉莉说给主管听的，两人在主管办公室里笑得起劲，阿月也顺便在外面听了听。

此刻，阿月紧张地站在货梯里，手心冒汗。她没有准备太夸张的演出，只要打电话试一试阿伟的反应便好。她掏出手机，用裙角擦了擦被汗水糊住的屏幕，哆嗦着拨通了阿伟的电话。这个时候，阿伟大概在熟睡吧。

手机里的提示音响了十几声，终于还是接通了。

"对不起……"阿月带着哭腔。

"怎么了？"阿伟的声音似乎毫无睡意。阿月突然意识到，这是他们俩第一次通电话，阿伟的声音在电话里和平时听起来不同，但是她觉得很好听。

"你现在还好吗？头还痛吗？"这是真心话，阿月确实想知道。

"没事儿。"阿伟说，接着笑了两声，"你怎么了？"

"我被困在电梯里了。"阿月说，"半个多小时了。"

"啊……"阿伟吃惊地叫出声。阿月有些高兴，因为她听出几分担心。

"紧急电话打了吗？"阿伟急切地问。

"打了，不过，没有人接。现在这时候……我打你电话一开始也不通，打了很多次了，对不起……现在这种时候，我不知道……"

阿伟那边突然一阵沉默。阿月将手机贴近耳朵，沉默持续着，就像是阿伟已经离开了手机。

"对不起……我可以打 119，我知道的只是我不想……我……"

"你等着，我马上就来。"阿伟的声音无比坚定，电话挂断了。

阿月在电梯里等待着的心情不亚于教堂里的新娘。此时只有一束绝美的捧花才配得上她脸上洋溢着的幸福。她的大脑中一片空白。她没想到幸福和悲伤竟有着共同点——大脑一片空白。她没有能力去思考什么了，只是在甜蜜中等待着。电梯门在四十分钟后被阿伟轻易地打开了——只用了一个按键。

阿月扑到阿伟的怀里，抱住他。她眼睛里有泪水，当然不是因为害怕。阿伟的双手在阿月肩膀上方的空气中悬了一会儿，最终落在了阿月的背部，轻轻地拍了拍她。

"好了，没事了。"

阿月站直身体，笑中带泪。阿伟的摩托头盔上布满一层水汽。她看不清阿伟的表情，但仍幸福地大笑，说："虽然看不清楚你，但你这样就像钢铁侠！"

阿伟也打趣着说："没看清就敢扑上来！难怪能骑着小电驴追人家一路。"

阿月一直在笑着，她是真的快乐。她问自己，如果这不是恋爱，又是什么呢？

凌晨四点半，阿伟陪着阿月一起回家，骑着小电驴——他也有一台小电驴，蓝色的，阿月那台是红色。

"这两个颜色很相配啊。"阿伟说。

幸福来得这样突然。阿月在回家的路上一直喋喋不休，她把自己多年以来上夜班的委屈，领导的冷漠，和母亲的争吵，父亲的车祸，还有许许多多小时候、青春期、大学时期的零零散散的有趣或悲伤的回忆，都一股脑儿地说给阿伟听。阿伟的脑袋藏在头盔里，阿月看不见他的眼睛。

不知不觉就到达了目的地。阿月第一次感到，回家的路程太短了。

"谢谢你送我回家，"阿月说，"我再也不讨厌凌晨四点的马路了。"

阿伟转正式员工的日子到了。

阿月对阿伟无比自信。他的工作一直做得很好，作为一个实习生，他的工作量超过了所有的员工，甚至超过阿月。况且，阿月在上一周的周报中，已经向领导再一次传达了对新实习生的看法。她想，这多少能弥补那天她在主管面前表现出的犹豫。

阿月为阿伟准备了入职礼物：一只奢侈品牌的手表。但到了这一天，她又平白生出许多担心，最终把手表留在家里，另选了一支平价的钢笔包装好。礼物，应该慢慢地送。她在凌晨离开前，把小小的礼盒放进阿伟的抽屉里，想象着阿伟看见它时的表情。

可这一天，当阿月在往常的时间到达公司时，阿伟却不在。

她不知道该问谁。同事们都盯着各自的电脑屏幕，一切如常。阿伟大概是被领导叫去问话了吧。她想，静静地等待着……七点钟……同事们都已经离开了，阿伟还是没有回来。

她猛然拉开阿伟的抽屉，漂亮的钢笔盒子仍躺在那里，但眼药水、笔记本、红蓝圆珠笔都没有了……

不好的预感向她袭来，她颤抖地拨通阿伟的号码。忙音……忙音……她想象着阿伟在电话那头的样子——他看着她的来电，却不接。看来阿伟并没有顺利转正。她站起来走向人事办公室，才意识到大家都已经下班了，公司里只有她一个人。她无法排解自己的疑惑，她该打电话给人事吗？她脑子里浮现出莉莉那张年轻却精明的笑脸。她不该现在特意去问。她继续拨打阿伟的电话，一个接着一个，在她拨打到第十个的时候，对方关机了。

阿月一夜未眠，不对，是一整个上午加上中午的时间，阿月没能睡着。她没有离开公司，一直待在那个她专属的休息室里，那里仍留有一些阿伟的气息。下午一点，她来到办公区，原本属于阿伟的座位上坐着一个陌生的女孩。

女孩站起来对她鞠了一躬，礼貌得过分。

"我是新来的实习生，我叫……"

"这儿有人坐。"阿月大声说。女孩显然被吓住了，不敢再坐下去，站在原地无助地左看右看。没有人理会她们。

阿月站直身体，理了理头发，径直向人事办公室走去，她抑制住自己的不快，问："为什么之前的实习生走了？他犯了什么错吗？"

莉莉朝她调皮地一笑，说："月姐，办公室不准谈恋爱。"

阿月难以置信地看着面前那张脸，她和阿伟的事情怎么会被人知道？这么说，是她害得阿伟不能转正。她精神恍惚起来，眼神在办公室里盲目地搜索，最后停留在天花板一角的监控摄像头上。

"月姐，你知道他女朋友是谁吗？"莉莉笑得更诡异了，嘴角像狐狸那样咧到耳朵根。

"谁？"阿月此时毫不在意自己被取笑。

"你们一个部门的，"莉莉说，"花枝。"

阿月呆住了。

她的脑中有太多的信息无法得到处理，所有曾经合理的线路都错乱了，现在她的大脑里就是一场空前绝后的交通灾难。

"其实在他来面试的时候我就发现苗头了，看简历就知道。"她拍出阿伟的简历，阿月不自觉将它拿在手里，却一个字也看不清。

"同乡、同校、同年级，他们是同学啊！在湖北都工作几年了，跑到这里来干吗？受不了异地恋呗！"莉莉得意地说，"问他有没有女朋友，还说没有，以为能骗过我的眼睛？过节发礼品卡，花枝的新地址就跟他留的一样，真是蠢到家了！"

阿月瞬间明白了，为什么阿伟的文件夹里会没有错误，是花枝在偷偷帮他改，为什么他会请自己吃饭，陪自己上夜班……因为花枝也曾是这样做才留下来的，那一天夜班他没有来，因为那一天正好是花枝的生日……为什么阿月从来都没有想到呢？

那么，之后的一切……花枝也都是知道的了，而她给他打电话时，那长久的沉默。

阿月的表情复杂。莉莉意味深长地盯着她看了一会儿。

"可他没犯什么错，其实也不能凭这些就认定他们在恋爱……他很努力，他做得比谁都多。"阿月喃喃自语，她不知道自己为什么还在帮阿伟说话，她竟一点儿也不怨恨他。

"你竟然同情他？"莉莉嘲笑道，"你知不知道他本来是要顶替你做夜班工作的，他的申请里面包括夜班，他……这些原本我不该告诉你，但现在也无所谓了，你知道老板总是说，我们不喜欢聪明人，聪明人总是有小心思，无法为公司提供持久的……"

阿月的脑子里只是一片嗡嗡声。

阿月回到自己的座位，新来的实习生还站在那里，手足无措。阿月看了她一眼，小声说："你坐吧。"半个小时之后，实习生突然发现身旁坐着的阿月竟然在小声地抽泣：她用长发遮住了大半个脸，两只手掌拖着腮，眼睛看着电脑屏幕，大颗的泪水落在电脑键盘上，发出像是雨滴落在雨棚的声音。

一张印着卡通冰激凌图案的纸巾慢慢地伸到阿月面前。阿月微微转过脸，新来的小姑娘用极轻的声音对她说："擦擦。"

阿月接过纸巾，用她自己也听不见的声音说了一句"谢谢"。此刻，她突然感觉到身边这个陌生人的重要。她开始害怕六点三十分的到来，害怕同事们一个接一个地离开。她以前一直能够面对孤独，现在突然不能了。她像是落水的人那样挣扎在水面上搜索浮物。她看见她的同事们：缩在办公室灰色的一角战战兢兢拼命敲打键盘的花枝，戴着耳机、沉浸在自己世界里的盒子，面无表情、紧盯着电脑屏幕的阿欣……玲姐的那张桌子空着，她记起玲姐上周提交了辞职报告，似乎是因为腰椎出了什么问题，走的时候没有和任何人道别。此后也不再有人提起她。

自阿月到 E 公司以来，她一直珍视着自己的工作。多年以后，她明白了当初面试时听到的那一番话，她明白了 E 公司所寻找的，正是像她这样甘于平庸的人。她早就懂了，但她又能怎么样呢？她只能坚信这无数个夜晚是有价值的，对她来说，是至高无上的价值。她打败一个又一个竞争者，但此刻，她意识到自己错过了些什么，她也意识到，和她相似的那许许多多的人仍在错过这一切。

阿月从未有过这样的渴望——她想要了解自己身边的人，希望她们都曾是自己的朋友；她想和她们坐在一起，为她们共有的、平庸而孤单的生活找到一个理由。但没有人会感知到她此刻目光中的炽热，随着下班时间到来，她们一个接一个离开。很快，再一次，E公司的夜晚只属于她一个人。

去云南

她在黑暗中睁着眼睛。

她的双脚冰凉，脑袋却在发热。这是她要进入睡眠的征兆，但在那之前，她还要经受许多折磨。她翻来覆去，身上出了许多汗。她把一只手伸出被子，触碰到一个坚硬的、冰凉的物体——那是一只小小的紫檀木矮凳，它状如一个镂空灯笼，在日光下会显出好看的色泽和纹理。

它是她两年前在旧物市场里买到的，当时她一眼就看中了它，它放在并不起眼的地方，在她的眼中却与众不同。店老板说，这凳子来自云南，是有些年份的。她忘记了店主编造的故事，却花了不少钱买下它，事实上它是她新家里最贵的一件家具。她把它带回去的时候，并没有告诉他花了多少钱。她和他商量如何处置它，她想把它放在客厅里，电视机边上，在上面摆上一个仿古的花瓶，里边插一些鲜花；他则认为它应当在厨房里，择菜的时候可以用得上。他说他妈妈就在厨房里放了一个差不多大的木头矮凳，他姥姥也有类似的矮凳（其实是一个树桩）。

最后，它被放在了卧室里，充当一个床头柜。有时候它上面摆放着水杯、遥控器、充电器，有时候放着香烟、啤酒、避孕套，更多的时候，它上面堆着一层又一层的衣服、裤子，还有袜子。它镂空的部分也被塞满了，放着一些他们一开始找不到，后来又忘记的东西，比如指甲剪、棉签棒、感冒药以及一些叫不出名字的小物件。它被许许多多的物体覆盖着、包围着，在黑暗中显出一个巨大的身体，犹如蹲伏在床边的一只野兽。而此刻她伸出手，把上面所有的东西都推倒了。

她听见许多东西往下掉的声音。衣物、卡片，滚动的硬币触到墙角后倒下来，依旧不安分地颤动着。但他没有醒来，她听见他均匀的呼吸声。她希望自己也能拥有这样安稳的睡眠，但总是难以入睡，就算睡着之后，也容易因为什么事情醒来，比如冰箱发出的微弱响声，比如噩梦。此刻，她的眼睛酸涩，身体像火炭那样烫。她把手掌贴在那光滑冰凉的木凳上，用手指敲出节奏，一二三、一二三、一二三四五六七……没有用，她没能吵醒他，也没能让自己入睡。她看见黎明的微光撒向窗帘，逐渐由绝望转为愤怒，她近乎仇恨地转向他，盯住他熟睡的脸。他的脸在半明半暗中是那样丑陋，眉眼局促，鼻子扁塌，嘴巴大张着，更衬出下巴短小。他的身体散发出一种难闻的油脂味道，他的头发一绺一绺结在一起，粘着灰尘。她不明白自己怎会和这样一个人同床共枕。他们结婚两年，恋爱四年。她不是第一次产生这样的困惑，只是在困惑中耗尽了力气。最终，她的体温让她像个高烧患者那样疲惫地倒下，昏睡过去。

一个充满阳光的早晨在几个小时之后来到。她醒来，她发现他也已经醒了。他比她醒得更早一些，但似乎还眷恋着被窝的温度，大睁着眼睛看着手机屏幕，一堆花花绿绿的游

164

戏画面。她突然记起了昨夜的失眠，疲倦包裹着她。她望向天花板，叹了口气。他立刻翻过身，抱住了她。他是真诚的，她想，他的拥抱让她感到他身心的真诚，她一霎如同梦醒，她也回抱住他，感受他身体传递的温暖。

新的一天开始。他们各自起身，穿衣、洗漱，她到厨房去做简单的早饭，而他的习惯是先上厕所。他们住着不到四十平方米的小户型，使用空间有限，厕所与厨房只有一门之隔。她端着平底锅煎蛋，他突然将厕所的推拉门拉开一条小缝。

"我们去什么地方玩玩吧，下一个长假？"他说。

"去哪儿？"她漫不经心。

"我看朋友圈里有人发照片，西藏太好看了，云南也不错。挺美的。"

"哦。"

"怎样？我们很久没出去玩了吧？"

"嗯。"她应了一声，却没有回答。他们确实很久没有出去旅行了，事实上，他们一起旅行的次数并不多。最密集的出游发生在大学时期，他们恋爱的头两年都住在学校，还想着探索对方的身体。那时他计划了多次出游，他们去了四五个不同的城市，有山城，也有临海的地方。他全程安排一切，订票，订酒店。她是安适的，但旅行之后却觉得十分惋惜，既没有爬过山，也没有停下来看海。她和他的大部分时间在酒店里，他对她十分渴求，哪怕她只同意边缘性行为，他也兴致勃勃，花样百出。每天上午，他很晚才醒，而她则不忍心叫醒一个熟睡的人。他们就这样错过了许多观景的最佳时间，最终只能在大街小巷瞎逛了事。她起初以为他对旅行不感兴趣，后来才慢慢发现，他懒惰、体力不佳，并不热爱运动，也不关心外部事物。当他们进入稳定关系，可能要步入婚姻的时候，她发现他在床上也很疲劳，一点儿也不像恋爱时期表现出的那样激动。他对她的身体也失去了持久的兴趣。他大部分空闲的时间只是在刷网页或是打游戏。她观察他，发现他确实从这两件事中获得了满足。他每天夜里都能心满意足地入睡。

　　她吃过早饭，他还坐在马桶上没有起来。她知道他在玩游戏。婚前同居时，她对他无休无止地玩网络游戏忍耐了一阵子，险些患上抑郁症。她和他谈，他说他也需要社交。玩游戏算什么社交？她问。可是我需要朋友，他可怜巴巴地答，又理直气壮地说，游戏也是一种认识世界的方式。最终是她以哭闹的方式解决了这个问题。他不再当着她的面玩游戏，他在每天上厕所的时候玩，她则装聋作哑。半年之后，他得了痔疮，又多花半个小时在厕所用药水熏肛门。他苦不堪言，而她忍不住笑出声。

　　她在一个销售化妆品的公司工作，那里大部分同事都是女人，一半已婚，一半未婚。未婚的女性年纪也都不小，她们中有些人有固定男伴，但都不向往婚姻。她们曾在午饭时候聊起男性。她提起玩网游的事情，大部分女同事的男伴也都一样。有人说这不过是一种减压方式，她觉得有道理，但是细想起来，她其实不喜欢的只是他进入游戏的状态——他大声叱骂队友，紧张冒汗，手脚冰凉，忘记了外界的一切——她觉得那个样子十分愚蠢。她不喜欢他愚蠢的样子。她也不相信他有什么压力。他在一家出版社做文字校对，他的同事都是一些年纪挺大的中老年人。他的薪水比较低，但那是他唯一能接受的一份工作，他不喜欢节奏紧张的环境。在临近毕业，大家都在找工作的时候，他突然牙疼，去医院拔了两颗牙。牙齿恢复之后他又开始腹泻，去医院检查，吃药。不久之后，他怀疑自己得了胃癌。他当然没有患上胃癌，但大约从那时候起，她开始失眠。她一个人陷在毕业论文和找工作落户的焦虑之中。最终她也没有找到什么好工作。他们准备得太晚，那些去了大公司的同学，早在毕业前两年就开始实习了。

　　她没想到自己会真的和他结婚，因为结婚之前她已经开始厌恶他。但她也厌恶自己。她对自己、对未来感到茫然。

　　接受他的求婚是一件偶然的事情。那天她突然被公司的人事叫到办公室里，得知自己被开除了。那是她的第一份工作，在一个小型的创业公司，她才工作了几个月。她呆立着，愤怒、悲伤、羞愧交织在一起，她问人事为什么自己被开除，她自认为并没有做错什么，这是老板的意思吗？人事态度强硬，说老板外出旅行，没空管这样的小事情，这是女主管的决定。她不解，反复询问自己错在何处，泪光盈盈。人事终于软下来，说，你何必在这儿工作，你学历也不错，长得也挺好……她不明白什么意思。人事又说，其实不只是你，之前主管带的女实习生就没有一个成功留下的。

她回家哭了一场。他带她看电影，吃饭，将不认识的老板和女主管骂了一通，便向她求婚。那是她感到自己最没有价值的一天，而接受求婚，似乎让她找回了一点价值。当然，这也让她获得了一点实在的东西，他在家乡的父母经济情况不错，卖了一座三层小楼，为他们提供了一套房的首付，又为他们陆陆续续支付了一年的房贷。虽然房型很小，但在上海这样寸土寸金的城市，已属难得。她总算有个落脚之处了。房子装修，她原本有不少想法，最终还是败在预算上，她和他都拿不出什么钱，一切从简。她只为自己买了那个木头矮凳。

大约一年前，她的失眠加重。从原先的晚睡，到现在的彻夜难眠，一天之内只有凌晨的几个小时能够入睡。她的身体开始出现一些毛病，腰和肩膀酸痛，晨起无力；她的容貌也在不知不觉中慢慢改变，黑眼圈加重，脸颊两侧消瘦下去；她长出了第一根白头发，紧接着是第二根，第三根。一番整理之后，她在镜子里看起来依旧年轻，但她知道，她年轻不了太久。她的生活已经驶入既定轨道，她看得见这轨道，一股无形的力量正推着她，向永恒的平庸、衰老和死亡前行。

白天的时间容易度过，穿衣吃饭，上班下班，她和许多人在一起，在敲击键盘的声音中忘记时间。但到了夜里，她陷入无端的沮丧。她和他无话可说。有时候她会向他求助。我们说点什么吧？她问。说点什么呢？他回问。他们找不到什么有趣的话题。有时候他们看电影，却因为对电影里的情节看法不同而大吵起来。确切地说，是她在吵。他并不喜欢争吵，但也不肯认同她。他们也有过好的时候，毕竟，他们起初就是在大学里的一次观影会上认识的。他们加入了同一个电影爱好者协会。他们参加每一次的放映，他们是仅有的两个把所有放映的影片从头到尾看完的人。他们因此注意到了对方。他主动约她吃饭，他的局促不安衬托出她的落落大方。她当时还有别的追求者，但另一位表现得像个无赖，相比之下，她觉得他安静、内敛，并不讨厌，便答应交往试试。在一起一周之后她便后悔了，提出分手，他竟当着她的面流下眼泪。她被触动了，因为此前并未有人如此强烈地向她表示爱意。

　　她又一次陷入失眠。她已经习惯了入睡前的那一套程序：头疼、眼睛酸涩、脚冰凉，随后，意识模糊，纷繁复杂的回忆和思绪一股脑儿地涌进来，簇拥着她，像深不见底的海水拥着一只孤舟。这个夜里，她想起她曾经的一位好友 T，她和 T 有过一段亲密无间的时光，直到她和他在一起。T 是反对她和他在一起的，理由十分简单：他并不出众。她心里也这样想，但是她认为自己也并没有多么出众。说到底，找一个出众的人，这是少女时期的想法而已。一个成熟的人，就应当找一个喜欢自己的人，合适的人，然后平静地恋爱。T 对她的想法不以为然，但 T 并未阻止她，只是说，那你便试试好了。她和他在一起之后，T 也找了一个男友。她们的关系渐渐疏远。毕业两年后，T 通知她，T 领证了。T 在电话里的语气流露出幸福。T 和她分享自己的恋爱经历，尽管她听着觉得十分无聊，但依旧做出羡慕的语气，对 T 表示祝贺。T 告诉她，自己并不打算办婚礼，因为婚礼是一件俗气的事情。她继续惊叹，也继续表示支持。那是她和 T 最后一次联络。不久之后，她也领证了，她和他也没有举办婚礼。但她认为那并不是一件值得向人提起的事情。除了父母，她没有通知任何人。

这一天夜里，她突然想要找到 T。尽管时间已经是凌晨两点。她握着手机，手机里依然存着 T 几年前的电话号码。她犹豫了一会儿，心想，T 会对自己说些什么呢？T 如果知道她和他的"试一试"一试便是四年，一直试到了婚姻——T 会怎么想？T 会惋惜，还是嘲笑？或者，T 会劝她好好过下去，生个孩子，不要胡思乱想。或者，T 依然会像当年那样，斥责她，告诉她不该忍受生活，不该和不喜欢的人在一起耗费生命。她的头又疼了起来。她打开手机，找到 T 的号码，快速地编辑了一条短信："你还好吗？"她按下发送键，信号灯一闪一闪，像是黑暗中有一位看不见的精灵，携着她的问候去了。

一分钟、两分钟……十分钟，时间在黑夜里静静流淌，她始终盯着那只手机。手机的信号灯终于亮了，它在她的枕头上跳动起来。她立刻捉住它，打开屏幕，上面的内容让她胆战心惊，却又兴奋不已。

> 我看见枕边他那张脸，我听见他均匀的呼吸声，我恨不得杀死他！

这行字令她立刻清醒，她从床上坐起来，抓紧手机，就像捉住一个可怕的秘密。她的眼珠子转动着，不住地向四周打量，似乎在害怕这秘密被什么东西揭破。黑暗中，一切都静止，她在恐惧中战栗，又在战栗中渐渐平静。她打开手机，手指在屏幕上飞快地打下一行字，又将它们一个一个地删去了。她不知道该对 T 说些什么。T 给她的回复，令她意外，又令她惊喜——意外的是，在这样的一个夜里，T 竟和她一样在失眠，理由也惊人地相似；惊喜的是，她们几年没有再联系，T 居然毫不避讳地向她直言自己的感受。她开始想念 T，在她眼中，T 一直都是优秀的女性，独立且有主见。甚至于在她恋爱前的日子里，T 一直是她羡慕的对象，她不自觉地在听从 T，跟随 T，也偷偷在心里反叛 T。直到她和他在一起。她和 T 之间的一切亲密和小较量都悄无声息地宣告结束。

她又看了一眼手机屏幕，把手机合上了。她将手机握在手心里，重新躺好，怀着欣喜和感动睡去。

第二天醒来时，他正看着她，她睁开眼睛便惊呼一声。他冲她笑了，说：你睡得可真死，知道现在几点了？她立刻坐起身，墙壁上的挂钟显示时间是上午十点。糟了，她大吼，你为什么不叫我？但她立刻意识到，他也没有出门。这是一个周末。

他依然在对着她笑。大约因为睡得不错，她容光焕发，心情也不错。她对他回以微笑，觉得他并不十分讨厌。与此同时，她在大脑中搜索一件高兴的事情——昨夜她与T的通信。她很快将那一条短信的内容记起。她心情愉悦，手里依然攥着那只手机，就像拿着一件武器。

"怎么样？去旅行吧？我们请几天年假，把下一个长假连在一起，好好玩几天。"他又说。

她短促地笑了一声。

"怎么样？西藏，还是云南？"

"旅行有什么用？"她问。

"什么什么用？"他感到疑惑不解。

"感情不好，旅行又有什么用？"她说。

他躺在沙发上看她一眼，又坐起来，说："你就是太闷了。出去散散心就好了。我们每次旅行都很开心。"

"不开心，我和你旅行从来就没有开心过。"

他的表情有些无奈，而她开始细数她的每一次不开心。她说起某次和几个朋友一起在苏州，他紧盯着一位穿着渔网袜和十五厘米高跟鞋的女人穿过小巷。

"他们都看见了，路上的行人都看见了，你知道我有多丢脸吗？"她冲着他喊，"而且，那个女人多难看啊，她瘦到皮包骨，连走路都走不稳，而你居然说她的腿不错！"

他根本不记得有这么一回事。她又说起，他带她去东方明珠塔上，曾在一个角落把手伸进她的裙子里，在他自以为没人的时候，他甚至还打开了手机音乐播放，为的是制造出某种"意境"。

"你知不知道我当时有多尴尬?"她冲他咆哮。

他记起这回事,但是他不明白当时她为什么不告诉他,如果她感到尴尬的话。

她开始数落他的各种劣迹。他在大学时候把一位批评他的教授的名字写在笔记本上谩骂,他瞧不起班里的每一位同学,他在背后说人坏话,他在游戏里假扮女生骗男孩们的装备,他在淘宝上被一个骗子骗走了一个他充了五百块的游戏账号,又买了一个电话骚扰器没日没夜地骚扰那个骗子……

"你不觉得你太好笑了吗?"她说,"你就不能干点正经事吗?"

"那你又做了什么?你又有什么值得炫耀的吗?"他也有些生气,但他还是不懂,她为什么把一堆毫无联系的陈年旧事翻出来说,况且,那些事情那么微不足道。

"不是微不足道,"她哭起来,"你有什么能让我喜欢的呢,我不想和你在一起了。"

"我们离婚吧,这事情我想了很久了。"她说,这是她第一次在吵架中说出离婚这两个字。他终于慌乱起来,他看着她,一时不知道该怎么办。

她的手机铃声响起。她看了一眼,是 T。

她的脸色煞白,她按捺住自己的激动,走到阳台上去接那个电话。

"喂。A,你还好吗?"T 的声音。

"我还好,"她深吸一口气,她想告诉 T,她现在正打算和他分开,但 T 没有等她开口。

T说:"我也挺好的,我们都挺好,只是最近太累了。我在忙装修呢。我们买房了,买的不大,位置偏一点,但离地铁挺近的。你现在怎么样了呢?结婚没有?男朋友还是以前那个吗?我怀孕啦,是个意外,不过,还是打算生下来……"

她沉默了一会儿,说:"恭喜恭喜。"

她挂了电话,似乎耗尽了力气。刚才的愤怒不知上哪儿去了。她被一种古怪的感觉包围着,像是被开了一个玩笑,又像是被欺骗。她从阳台回到小客厅,他正看着她,她知道他刚才一定在小心地听她打电话。那个无聊的电话,她只说了一句"我还好"和一句"恭喜恭喜"。

他朝她走过来,试探地伸出双手。她也向他靠近,随后他抱住她,她也回抱他。他们在一起依偎了一会儿。他们携手出门,到离家不远的商场看了一场电影,吃了一顿晚饭。电影讲的是几个年轻人为了去远行把自己家房子烧了的事情。晚饭吃的是香辣蟹和小龙虾。

她和他回家的时候牵着手,她也认为自己是开心的。可是这一天夜里,她还是失眠。

疼痛、热。她开始在一种不清醒的状态下去尝试思考她从未想明白过的事情:她为什么和他在一起?她为什么在这张床上,在这个屋子里,在这个城市?她在过一种什么样的生活?她想要过什么样的生活?

为什么他不能理解她的痛苦,正如她不明白,为什么他丝毫感受不到生活的痛苦。他总是说他和她的感情很好，在一起很开心。是的，他们曾度过一段很轻松的时光，谈着学生式的恋爱。他们看电影、吃饭、旅行，花的都不是自己的钱。他们没事找事、谈着八卦、吃着闲醋，并因为这些事情吵闹又复合，还把它当作一种情感的历练。现在这一切都没有了，她得在生活里找些别的意义，但她找不到。而他，则不需要去寻找。他喜欢现在的生活，也认为她是一个好伴侣。

她想起他们对对方产生好感的那一刻，在观影室里。那是一部多么无聊的影片，它就像是一个电影专业大学生的毕业作品。整整两个小时，电影画面里只有一个老人和一只鸡。但是那天的观影室很不错，屋子里很暗、很静，而外面下着雨。人们陆陆续续离开，当所有人都走掉后，观影室里只剩下她和他。他们安静地看完了整部电影，之后便一起吃了晚饭。吃饭的时候他们在手机上搜索那影片，发现这电影的导演竟获得过诸多国际大奖，但他们从未交流过对这部影片的想法。她想，有些事情说出来就没有意思了。她认为他们相识的那一天很浪漫，无疑是一段美好时光的开始。她有时候会陷入想象，比如她七老八十的时候，坐在一堆儿孙中间，可以跟他们讲这个故事。又或者她和他将在某一天，作为金婚老人被采访，她就会娓娓动人地讲这个故事。她会用沙哑的嗓音缓慢地说："那一天啊……我看了一部特别无聊又特别美的电影……那部电影吸引我的地方其实是……我就发现还有一个人，他和我一样……"

可是，她和他在后来的日子里再也没有过那样的时刻。

而那一段回忆，她只能解释为自己的幼稚，无知，可笑，莫名其妙的幻想。而他们在一起的每一天是真实存在的，平庸无趣的每一天都真实存在。也许这只是因为，他们本身正是平庸无趣的人。她的眼泪从眼眶中不住地涌出来，她大哭起来，她感到窒息。她从黑暗中坐起来，用力地推搡他。"起来！"她尖声叫喊，"你给我起来！"

他像是遭遇了噩梦，全身剧烈地抖动了一下，随即睁开眼睛。她的头发垂在他的脸上，他意识到她正在黑暗中看着他。"你怎么了？"他问，伸手打开灯。

他看见她披头散发地坐在床上，眼睛肿得像个桃子，眼白布满红血丝。他没有向她伸出手去，对于她粗暴地把他推醒而感到生气。

"你又怎么了？"他重新问了一句。

"你记得那个电影吗？"她问。

"什么电影？"

"老奶奶与鸡，那个电影。"

"你这又是在发哪门子的神经？"

"天！就是我们认识那天！那部电影！老奶奶与鸡！你记得吗！"她绝望地说。

"噢……嗯，当然记得。"

"你觉得那部电影怎么样？"

"什么？"

"我问你觉得那部电影怎么样！"她尖叫。

"我其实不太记得……"他揉揉眼睛，他仔细回忆着那天的场景，"我大概后来是睡着了。那部电影讲了什么？"

"所以你待到最后是因为你睡着了吗？"她又哭了，而他不知所措。

"你知道我为什么看到最后吗？因为我没带伞，我要等雨停。"她呜呜地哭着。

他像看怪物一般地看着她。她只是哭个不停。

"你是不是有病？"他看着她说。

她倏地抬起头。她在他眼睛里看了一会儿，看到了可怕的东西，是憎恶。她恐慌起来，却变得更加愤怒。

"对！我有病！我有病！"她看着他，咬牙切齿。

"有病你他妈的去治啊！"他喊。

"你垃圾！你废物！你还叫我去治病？有病的是你！你这个玩游戏得了痔疮的！没用的东西！你怎么不撒泡尿照照你自己？"她尖叫。

他一下子从床上站起来。他俯视着她，想在她的胸口踹上一脚，但她瞪着眼睛看他，她很凶，但是也柔弱、无助。他下床，开始穿衣服，穿裤子，收拾自己的行李。

"你去哪？"

"回家，早不想在这个破地方待了。住这种屋子，吃外卖。拿一点点钱。"

"回你乡下的父母家，哈哈。"她笑，"你还觉得自己不是个废物吗？"

他看她一眼，说："你也可以和我一起回去。"

她突然想起来，他向她求婚的时候说的那句话："嫁给我，我妈做的饭好吃。"那天她被这句话逗笑了，她觉得他这么说特幽默。

"离婚。"她说。

"行。"他说，拖着行李箱走出去，重重关上门。

新的黎明又到来了。她回到床上，盖好被子，疲惫又轻松。她总算可以想些新的问题了，比如离婚之后，她应该分不到钱。房子是他家买的，房贷也是他父母在还。她得再去租一个房子，租金不会低。她暂时不打算把离婚的事情告诉父母。她庆幸自己结婚并未昭告天下，离婚也不用通知谁。她想过，也许人人都这样生活，但是她忍耐不下去了，虽然她对将来感到恐惧，但她对重复过去同样感到恐惧。其实，她并不是没有努力过，比如说，她曾想领养楼下超市的一窝小野猫来分散注意力，但他拒绝了，因为他怕跳蚤。她也想过重拾画笔，她曾是美术生，但她静不下心来。她想，她以后也许可以再遇上什么人，她喜欢的，也喜欢她。当然，也许她什么人也遇不上，她不会恋爱，也不会再结婚，也许，她会有个孩子……也许，她不会有孩子……

她在一切的可能中睡去，又习惯性地把手伸出被子，摸到了那个矮矮的木凳子。在梦里，她的手正放在云南的一棵参天大树的躯干上。他也在她身边，他们果然去了云南旅行。那里的空气纯净，天很蓝，看起来很远，又很近。她和他都穿着清凉的夏装，戴着遮阳帽。他们在五颜六色的亚热带植物中穿行，羽毛斑斓的鸟在他们眼前飞过，巨大的湖泊在夕阳下发出宝石般的光泽。他们一直对新鲜的事物和风景发出赞叹。他向她伸出手，对她说："我说过，出来玩会开心的，对吧？"她也将手向他伸过去，但他突然露出惊恐的表情，大叫着向下方坠落。她拨开眼前的花丛和草木细小的躯干，看见一个巨大的深渊，而他掉下去了。她想，他死了，再也不会回来。她坐在一片鲜艳的花丛中，对自己感到意外，因为她并不痛苦。相反，她有些欢欣。

　　她在防盗锁的转动声中醒来。一个她还停留在那个梦里，而另一个她则看见了他。他拖着行李箱，还拎着一个硕大的超市购物袋。她朦胧中听见他说，"我去了一趟火车站，不过还是回来了。我路过超市，买了些你喜欢吃的东西，有玉米、橘子罐头、薯片……"她听见他翻动塑料袋时发出窸窸窣窣的声音，又听见他穿着拖鞋走动，似乎正把东西放进冰箱。"我们中午吃汤包怎么样？"他说。冰箱里的瓶瓶罐罐碰在一起，发出清脆的撞击声。

　　"还有，旅行那件事情，你到底想好没有？去西藏，还是去云南？"

　　她从床上支起半个身子，看着他。

　　"去云南吧。"她说。

夜班

她总是在夜雾中骑行。

远处浮动着的灯光在她看来，是一只只怪兽的眼。初夏，在见不到太阳的时候，还是有些冷。她小心谨慎地握着电瓶车的把手，手心湿漉漉的，裸露出的皮肤也是湿漉漉的，分不清是汗水还是雾。

钥匙插进锁孔里，放慢动作，"咔哒"一声。门开后，她蹑手蹑脚走进客厅。一只脚率先从运动鞋里解脱出来，探索着伸向前方，寻找那熟悉、柔软的触感——毛绒拖鞋——却被什么阻碍了。衣架？没有这样宽，也没有这样的……温度。

她惊呼一声。在眼睛适应了黑暗的同时，她看见一个黑影正站在自己面前。它离她那样近，她甚至能感觉到它的呼吸。无处可逃，她僵在原地，血液凝固。

"鬼叫什么？心脏病都给你吓出来了。"一个声音斥骂道。

随即灯亮了。

一切都恢复正常，淡黄色的桌椅，浅红色的沙发，米白色的沙发垫，漆面剥落的木质茶几，几何花纹的瓷砖……母亲站在她面前，头发蓬乱，眼皮和嘴角都耷拉着，这表情让母亲的嘴边突兀地多出来几道竖纹，像是被特意用炭笔描绘过一般。这一切种种都在苛责她，她就是罪魁祸首，是她影响了母亲的睡眠。

"你一惊一乍做什么？"母亲狐疑地看着她。她的一半灵魂仍留在方才的情境里，黑暗中，一个身影挡住她。一切都是陌生的。

"唉……"母亲夸张地长叹一口气。

"是我开门吵醒你了？"她问。可她知道不是。她进门时，母亲已经站在客厅里，就站在她面前。

母亲似乎不屑于回答她，但也不愿意让她从负疚中解脱出来，只是哀叹着走到沙发边坐下，眼睛盯着茶几上一只空的白瓷杯。

她给母亲倒了杯水，随即意识到自己的喉咙干渴，给自己也倒了一杯，仰起头，咕噜咕噜地喝着。母亲不满地瞧着她。她畅快喝水的样子加剧了母亲的不满。

"你不懂，睡不好的人有多难受。"母亲说。"难受"二字对应着她的"畅快"——一个大口喝水的人，她感受着自己身体的需要。母亲由嫉妒而生出怒火。

"喝点水吧。"她说。

敷衍。

母亲瞪着瓷杯，一声不吭，抵抗般地静止着。

她知道自己该做些什么，她知道母亲想要什么。只要她花时间、费口舌，只要她也做出精疲力尽的惨相，或者露出愁容，或者干脆大哭一场……可她只想睡觉。累了的人想睡觉，睡一觉就会舒服了。她被这个念头蛊惑，脚步也跟着它走进自己的卧室里。她关上门。脑袋一接触到柔软的枕头，她便要入睡了。沉甸甸的睡梦压着她，舒适，不安，又回到舒适里去。不安是枕头里的一根黑色羽毛。

黑色羽毛承载着她的梦，它由小变大，由大变小。她在意识里和它搏斗，在睡眠的前三个小时里，她赢了，它躲进黑暗里；在睡眠的后三个小时里，它突破她的防御，迅速生长起来，她听到它的骨头因为过快的生长而断裂了，但很快又长出新的，更坚韧，更有力量。它摇曳着自己的翅膀站起来。

她也站起来，推门而出。

她早该知道是这样。母亲仍坐在沙发上，保持着她六个小时之前见过的样子，一动不动，像一个绝食抗议的人，又像是谨遵教义的虔诚信徒。

母亲一眼也不看她。她知道事情尚且还有挽回的余地，只要她肯抱住母亲忏悔，但仅仅只是想一想便让她感到疲累。她脑子里的画面即刻被别的念头代替，比如：在这六个小时里，母亲是否真的一直这样坐着，从未离开过沙发？

她的目光短暂地停留于茶几上的白瓷杯。杯子里的水是满的，看来母亲确实没有喝过。她又把目光转向客厅里的其他地方，止于洗手间的方向。在这六个小时中，母亲会起身去过某一处吗？她无法确认。最后，她盯住沙发上的褶皱。在母亲丰满的臀部下面，沙发表面伸展出一条条浅浅的沟壑，旁边还留有一处不易察觉的凹陷。再远一点的地方，沙发布拱起一道横纹。

通过这些，她还原出了母亲侧躺在沙发上的姿势。她知道母亲也在揣测着她的想法——母亲不想让她知道自己曾舒适地躺在沙发上。母亲的余光打探着她，随着她的眼睛和意识，和她一起推理到了这一步——她们两个共同抵达了几分钟前——多么可笑的一幕：母亲在她开门之前迅速地从沙发上坐了起来，飞快地整理着自己的头发。只为了不让她发现自己曾好好睡过一觉。

"你走开，别待在我面前。"母亲慌忙打断了这一切。母亲在掩饰自己的尴尬，她已经了然于胸。这句话对她没有什么效用。

但如果她不照做，接下来母亲或许会流泪。于是她厌烦地起身，走到厨房里，打开冰箱。冰箱里有几个蔫了的西红柿，一个保鲜膜包住的盘子，里面是半条黄鱼——母亲留给她的，她要接受这好意吗？她再看向下一层，那里有她前一天买的黑糖吐司，还没有拆过包装。她捉住它，又拿了一瓶可乐，大声关上冰箱的门——既然母亲醒着。她趿着鞋，在地板上摩擦出声音，回到客厅，经过母亲面前，进入自己的卧室，关上门。她要吃点东西，吃完之后她可以玩会儿手机，可以看热门综艺节目，也可以上网逛逛明星超话。做什么并不重要，重要的只是要做点儿什么。

她很快就沉浸其中，沉浸在她的食物和娱乐中。她慢吞吞地嚼着面包，观看着一个出生在明星家庭的女孩发的日常生活记录。那女孩年纪还小，言行举止打扮都透露出她对成人世界失之偏颇的理解。她仔细地观察着女孩的动作和神态，想从她眼睛里发现什么不为人知的东西。可她看见的只是两颗乌溜溜的眼珠子，似乎在她打量女孩时，女孩也在打量她。她为此感到不适。女孩能打量她吗？当然不能。女孩只能看见黑漆漆的镜头。但她可以打量女孩，作为观众，她有这个权力。可是她分明看到女孩在打量她，以那种属于孩子，却又不像是孩子的眼神。她明白了，女孩确实在看她，女孩看的是自己想象中的她。女孩对她会有些什么认识呢……作为观众的优越感在她想象的过程中渐渐消失了。

她感到莫名的不安，孤独感促使她打开弹幕。瞬间，许多情绪性的文字充斥电脑屏幕，一些人肆无忌惮地谩骂着女孩，更多的人在骂女孩的父母。她饶有兴致地看着，这才感觉到节目的完整。

她并不赞同也不反对谁的观点，仅仅只是观看。在她厌烦之后，网页上又接连推送了许多关于童星的娱乐八卦。她挑选着点开一些又关闭。再一次感到困倦的时候，她听见客厅里的关门声。她想，母亲出门去了。

她再醒来时，又是黑夜。

她骑上自己的电动车，发现母亲给它充过电。看来一切都还正常，虽然她已经一个星期没有和母亲对话。母女俩的默契，一个说话，另一个便不回答。母亲这一次给她的电动车充电，是示好？是求和？无论是什么，她已经适应了和母亲的相处方式——与其说适应，不如说喜欢。

　　她来到公司，清静的大楼让她感到愉悦。她仰头看，城市里的夜空是浅蓝色的。

　　从进幼儿园开始，她便不得不与各种人接触。首先是其他的儿童，然后是老师。她不喜欢和人接触，不喜欢被关注。只爱自己一个人玩儿。到了必须要做集体游戏的时候，她一定会因为紧张而惊慌失措。她的群组会因为她输掉，没有一次例外。终于，她被其他人有意无意地忽略掉了。

　　总会有人同情她。但事实上，她很满足地占据着属于自己的角落。可这种满足是无法持续的，接下来还有小学、中学、大学。她总避免不了要和各种人待在一起，合作或是发生争执。难熬的每一天。她在朦胧中产生一个愿望：她学会隐身术，或者，让周围的其他人都隐身。这当然只能是愿望而已，她努力地适应着周遭的环境，渐渐地，就连她自己也忘记了有这么一回事，只当自己是一个有些内向、不自信的普通人而已。她看自己，正如旁人看她，无甚差别。

　　起初应聘这份网络公司的工作，她和其他人一样选择的是白天上班。这是理所当然的，人们都在白天上班，夜里休息。但轮到她面试时，主管告诉她，日班已经不缺人了，夜班可以接受吗？

　　她犹豫着接受了。当时她所想的是，如果不接受，她就必须去面试下一家公司，她不喜欢面试，更憎恶向人一遍一遍地介绍自己。她介绍的是她自己吗？她不确定。那种感觉就像在撒谎。她不热爱也不向往任何一份工作。

她第一次一个人在夜间的办公区里工作时，奇妙的事情发生了。她体内有另一个生命在苏醒，在这空荡荡的、寂静无人的办公区里，一切都变得鲜活起来。当她意识到自己无须出现在任何人的视野中，无须对任何人发出要求和回应时，她感到极大的惬意。她兴奋得大口喘息，呼吸着属于自己一人的空气，就像一头误以为自己是鱼类的哺乳动物，在上岸之后才发现真正适合自己的栖息地。

几乎没有发生任何困难，她顺利地调整好了自己的作息。她每天夜里从八点工作到凌晨四点。她极其享受这样的一份工作，不光是办公楼里的安静，整个世界都随之变得简单、安静起来。她独享着庞大的空间资源与个人自由。在办公时，她播放着流行音乐或是体育新闻，摇滚或是相声。她穿着睡衣和拖鞋坐在自己的转椅里，有时候会把两条腿搁在电脑桌上。她从小都不爱运动，但一个人在夜里，她会使用公司的健身设备。她还为此给自己买了一套健身服，性感的那一种，海报上的女明星同款，和她一贯的风格不同——事实上她没有风格。她做这些事情，并非对它们有什么兴趣，仅仅是因为她可以这么做。在没有人知道她、了解她、审视她的情境下，她做每一件事都能让自己感到快乐。

原本这一切都很好，直到她遇见唯一的阻碍——她的母亲。

阻碍是相互的。即使母亲不做出任何行动，母亲的存在本身也构成了阻碍。于她而言，母亲是那么真实的存在，是她和真实世界的有力联结。当她见到母亲时，便不得不恢复往日的习惯，她得说点儿什么，和母亲交谈，也得应对母亲和她说的那些话。母亲的话——天气、人群、社交、亲戚……这一切让她感到限制重重。她在夜晚所收获的愉悦被一扫而空，她自由的心境不得不被切割成一块一块。它们不连贯，产生的效用也就大打折扣了。

她企图尽量避免见到母亲。这其实并不是难事。她的工作在夜里八点开始，而母亲往往在六点结束晚饭，半个小时后便出门散步。她只要在六点半之前都窝在被子里装睡即可。凌晨四点她结束工作，回到家中也不过五点左右，母亲往往在熟睡。

开始的一段时间确实如此。她暗自窃喜，随即向着更深处的寂寞潜去，而熟睡中的母亲正浑然不觉地被包裹在这阴谋之中。

这快乐大约只持续了很短暂的一段时间。在之后的某一天，母亲在晚饭后突然冲进了她的房里。像是要验证床铺上的并不是假人一样，母亲粗暴地掀开了她的被子。她双手抱住肩膀，蜷着腿，一脸惊恐地看着母亲。

"我失眠了，你知道吗？"母亲凑近她的脸，一只手指指着自己鬓边的白发，似乎这白发是近几天才长出来的，似乎它们因失眠而起，又似乎她是真的失眠。

她起初自然是选择相信母亲。母亲指责她，因为她做了这份工作，每天必须凌晨才回来，发出的声响严重影响了自己的睡眠。

她买了一只软绵绵的钥匙挂件，挂件是海胆的形状，中间是空的，钥匙用一根绳子拴着，包裹在柔软的海胆里，不会和包里任何东西发生撞击。她把有跟的鞋子也都收了起来，只穿运动鞋上班。衣服和裤子，她也按照面料归了类，凡是容易摩擦出声响的，她通通收起来，只穿针织衫和纯棉 T 恤。就连房门上她也花了不少心思，为了让它不发出声音，她剪碎一条薄薄的旧裙子，将它剪成一个个小方块，用双面胶带贴在防盗门的边缘，每隔五厘米贴一小块。效果非常不错。

　　可母亲仍在她到家时醒来。只要她进入客厅，母亲的卧室就传来各种声音——叹息、呻吟、咳嗽，因为反复翻身而导致的床铺吱吱呀呀的声响，带着谴责的意味。

　　她以为是灯光的问题，往后进门时索性连灯也不按开，但这并没有带来多大改变。母亲在开始的一两夜似乎是睡着的，但很快就变得更加敏感，母亲未出房门，但用了激烈的方式来表达不满——她听见房间里有摔砸东西的声音。母亲大声放着黄梅戏或者春节联欢晚会上的小品。她不断听见陈佩斯和朱时茂的声音，相同的对话，一遍又一遍……以至于她闭上眼睛脑子里也能听见那串声音的回响，原本有意义的词语因为反复而变得毫无意义，甚至她在上班时也会突然想起。她有限的自由也被破坏了。

　　母亲的行为严重干扰了她的睡眠。她选择忍受，她从未敲开过母亲的房门。她为自己网购了眼罩、耳塞和褪黑素，有时候能帮助她的睡眠，有时候无效。

　　她不得不思考起来，最终她的落脚点停留在一个切实的问题上：母亲如何能够做到准确地感知她的出现？她无论怎样小心不发出声音，母亲总能在她到家时醒来，走到客厅里；母亲和她冷战时，躺在沙发上，也立刻能在她开门之前坐起身，装出从未休息过的样子。

母亲真的像她自己说的那样失眠焦虑？她不相信。母亲的气色看起来很好，甚至是容光焕发。哪怕母亲非要装出一副无精打采的样子，把那一缕灰白的头发特意挑出来展示，事实上她依然神采奕奕，肌肤平滑白皙，如同每天早晨喝下的牛奶。她的眼底没有皱纹，也没有黑眼圈。当母亲靠近她，抱怨自己睡眠的时候，她甚至闻见母亲的头发和脖颈间散发出香味，那是昂贵的洗发水、润肤露和母亲的体温结合而成的味道。

反观她自己，睡觉起来嘴里总是十分苦涩。当她张嘴时，总能闻见自己嘴里地狱一样的气味——腐烂、疾病、发酵的恶臭。镜子里的她，枯草一般的头发，沉重的黑眼圈，满眼的红血丝，缺乏光泽的指甲。

她怀着怨气，不再和母亲说话。无论母亲如何沉默着挑衅，如何不断挑战她的禁地，她只是为自己设置新的底线，忍一忍，再忍一忍。这样一日复一日地过下去，她怀抱着重新回到自由世界的信念等待着，事情终于慢慢有了变化——她和母亲偶尔能够向对方说上一两句话——即便是令人不愉快的话。母亲还给她的电动车充了电。她感到曙光就在不远处。

不算太久之后的一天，当她回到家时，仅仅在黑暗中，她便意识到有些事情变了——母亲不在客厅。她脱了鞋，伸出脚探进自己的毛绒拖鞋。她站在没有亮灯的屋子里，闭上眼睛，几十秒后又睁开，她的眼睛适应了黑暗。她定定地看着母亲的卧房，等待那里面发出亮光，再发出些什么声音。

母亲是反应变得迟钝了，还是已经放弃了这种无聊的做法？她并不心怀侥幸，而是选择坐在客厅的沙发上，耐心等待着。五分钟后，母亲房里的灯迟疑地亮了。她松了一口气，些许失落的同时，希望又找回了她——这一日仍然是不同的。母亲房里安静着，灯过了一会儿便熄灭了。她沉默地等待了几分钟，随后感激地站起身，走向自己的卧室，关上门。

她很快就进入了深度睡眠——不知道是因为母亲结束了噪声的制造，还是她的身体和大脑已经逐渐变得麻木。

那个夜晚成了她与母亲生活的一个转折点，或许也是她和母亲各自生活的转折点。时间一天天过去，她越来越确定，她和母亲都已经适应了独自生活——尽管生活在同一屋檐下，但她已经很久没有见过母亲了，母亲也同样没有见过她。她们通过这个屋子里一切微小的变化来确认对方的存在。她知道母亲早上煮过两人份的小米粥，她可以把母亲剩下的那一半吃了，也可以不吃，那样它便会成为母亲的晚饭。母亲知道她在消耗冰箱里的罐装饮料，频率是一天两罐，她都在夜里喝。除了通过食物来感知对方，屋子里其他物品的存在也变得更加具有意义。她从未如此注意过这屋子里的一切。她通过所有物品的摆放位置来了解母亲一天之中的所有动作。带有笑脸的购物袋来自楼下最近的小便利店，而印有"谢谢惠顾"的购物袋来自另一家距离她们家两公里的大型超市，母亲得坐公交车去那个地方。她通过塑料袋计算出母亲每三天去一次大型超市。她通过浴室里下水口被清理的频率，推测母亲每两天洗一次澡。她会拿起母亲的木梳呆呆地看着，那上面缠绕着母亲的几根长发。

她不再受母亲的打扰。渐渐地，她在回家时不那么小心翼翼，她会打开客厅的灯，穿着拖鞋在厨房、客厅和厕所之间走动。她走动的时候，饶有兴致地观察着母亲的房门，仿佛它会做出什么表情和动作似的。但它只是老老实实地不动。她偶尔坐在沙发上，打开一罐饮料，注视着母亲卧房的方向，品味着自己的成功。有时候，她有意关上灯，假装自己不在客厅里，就像母亲从前在她回家时做的那样。在黑暗中观察母亲的卧房已经成为她的乐趣，偶尔母亲卧房里的灯会突然亮起又熄灭，就像跟她眨了眨眼似的。她想，那是母亲在和她开着善意的玩笑。

在最近的一个凌晨，当她再一次回到家时，她突然想要知道，母亲究竟在不在房里。

她记起母亲冲到她的房间里，掀开她的被子。她也有同样的冲动。黑暗中的她在沙发上坐了一会儿，打开自己的手机。手机发出的光亮把她脑袋的影子投在天花板上——一个硕大的头颅。她瞄着母亲的房门，思考手机的光亮能否穿越紧闭着的那扇门的缝隙，到达母亲的床前。为了测试这一点，她索性打开了手机的手电筒功能，光亮顿时以她为中心展开，围绕着她的一切都变得明明白白。她从沙发上站起来，假装自己在寻找着什么，迈着细碎的步子沿着客厅走了一圈又一圈。最终她停留在母亲的卧房门口，静静听着里面的声音。她确定——母亲醒了，母亲能感应到她，就像从前那样。但母亲并不开灯，也不发出抱怨的叹息，甚至连翻身也没有。门那边一片寂静。母亲对她彻底容忍了吗？抑或是接受？她不敢相信。她期望是这样，却决定耐心等待母亲做出反应，这是进一步的挑衅。她将耳朵轻轻贴在房门上。有声音了，但那并不像是卧房里的声音，更像是有风在吹拂着一片空旷的地方。她仔细听着，风被困在一个巨大的通道中，通道中是晦暗的天空，闷热、干燥，风在那里缓慢地经过。有时候，风会受到一些小东西的阻碍，可能是顽强的植物，也可能是已经死去的植物尸体。还有疲惫的昆虫，被风挟裹着撞击到门上，发出噼里啪啦的声音。她仔细分辨着这些响声，在漫无目的的幻想中出神，突然发现脚下有一道亮光——不知道什么时候，母亲房里的灯已经亮了。

她感到害怕。她竟没听见电灯开关被按下的声音，也没有听见母亲翻身、起床。那么，她也可能错过了更多。她无法把握屋子里的母亲在做些什么。她害怕到身体僵硬，一时之间双腿麻木，无法把自己从母亲的卧房门口挪开。她的耳朵仍贴着房门，手掌也依然保持着原先的动作——五指伸开，扒在房门上。此时的任何动作都能惊扰这个夜晚，她只好维持着身体原先的姿态，被迫听着房门内的变化——确实有变化——风停止了，取而代之的是轻微的气息，它沿着房门，具体地、缓慢地流动着；它拥有自己的温度——她突然意识到，那是她无比熟悉的气息——属于她母亲的呼吸。

她真切地感受到，她的母亲就在门的另一面，也和她一样，双手扒在门上，用耳朵贴着房门，小心翼翼地呼吸着，静静地听着她这边的声音。

以 X 为原型的一篇小说

一

在一家名字叫作"温淳"的咖啡馆里，我与 X 面对面坐着。阴雨天，潮湿的空气中弥漫着一股呛人的辣椒味，也许是咖啡馆的厨房里在炒辣子鸡丁。一名四十岁左右、身材微胖的女服务员把一本厚厚的菜单摊开在我们面前，鲜艳的铜版纸上蒙着一层薄薄的油垢。X 把菜单推给我，我捏着纸张的一角快速翻看着，菜单中西合璧，无所不包，我皱着眉头，难以选择。

"先点牛排。"女服务员说。

我在牛排的照片上扫了一眼，仍把菜单翻来覆去地看。

"先点牛排吧！我们这儿是一个吃牛排的地方。"服务员催促，有些不耐烦。我不得不看了她一眼，她穿着女服务员的红色套装，系着围裙，袖子挽到手肘，眼睛只盯着菜单，一副急切想要帮忙做决定的样子。

我往后随意翻了一页，指着一道烤虾说："这个。"X 又点了一道炸虾，一壶桂圆红枣奶茶。服务员说："不够吃。"我拿过菜单，又加了比萨。

那天的气氛不对劲，但我迟迟没有意识到。X坐在我的对面，向我询问一些问题，问题围绕着我的生活和我的小说——X总是不谈自己的生活。当我问起他为什么会去工作，怎样找到的工作，或者他父母的婚变时，他总是表露出厌烦的样子，将脑袋转向一边，说这些没什么可说的，都无聊透顶。我便不再追问，但我也无法集中精神听X说别的，因为我的生活也无聊透顶。我机械地回答X提出的一些问题，X谈到小说，我同样感到厌烦。我是一家杂志社的编辑，也自己写作、写评论，每天都得和小说打交道，当我遇见什么人想要谈点什么，对方总是要求我对一个小说发表看法，在X面前我依然得这样。我完全走神了，不知道自己在回答些什么。直到X突然说出一句有些奇怪的话：

"明年……明年我可能要寄些东西给你保管。"X说这句话时，眼睛里掠过一种异样的东西。

"为什么？"我有些好奇，但我习惯X时不时冒出一些特别的想法。比起原因，我更想知道他要我保管什么东西。

"一些我的东西，还有那幅画，你记得吗？你想不想去看看那幅画？"X说。

我随即想起，X曾向我提起过一幅画，还发送过那张画的照片给我看。画的内容是一个长发女孩站在一片分不清是黎明还是黄昏的风景之中，垂着眼睛微笑。我是外行人，但也能看出那幅画比较粗糙，并无技法可言，却讨巧地使用了一些名画的配色，使得整幅画产生了浓郁的悲剧气氛。我也曾喜欢过这样的东西，十几年前，在学生时代，我有一个八块钱买的笔记本，封面就是差不多的色调，黄、绿、棕褐色褚红色还有别的什么颜色交杂在一起，模糊到看不出边界。上面明明什么也没画，却传达出一种情绪，盯着看的时候，我往往陷入幻梦之中。我曾在那个笔记本里写满了关于《美学》的心得，像宝贝一样将它带在身边，但仅仅只在它进入书架的一两年之后，我再翻看它，当年的灵光一闪就变得只是平庸无聊而已。

"那幅画有什么好？"我把我的看法告诉他。

因为没有得到肯定，X 显得有些失望，他辩解似的说："我拍给你看的照片颜色失真了，它真实的样子更明亮。我带你去看看吧。"

"今天算了。"我说。我看了看手机屏幕上的时间，又看了看周围的环境，在这个雨天，咖啡馆里和外面一样潮湿，黑色地砖和木头桌面上都滑腻腻的。食物早已冷却，我们面前还剩下硬邦邦的两块比萨，难以下咽。我想回去了。我站起身，他只得跟着我走出门去。我们走到一棵芭蕉树下，他用来代步的小电驴停在那里，他突然说想走一走，不想回家。

我意识到他有话想要说。我突然为自己的态度感到内疚，从这一次见面开始，我一直没有认真听他讲话，对于他所提到的一切，我都没有表现出丝毫兴趣。

我站在芭蕉树下，细小的雨滴从芭蕉叶上滚落，打在我的头顶。我突然有了精神。我望向刚刚我们所在的那个咖啡馆，尽管里面亮着暖黄色的灯光，却一点也不令人向往或是感觉舒适。

"发现没，这家店的首字母缩写竟然是 WC ？"我开玩笑，"这样想，它立刻就与众不同了。"

他短促地笑了一声。

"那幅画是哪儿来的呢？"我问。

"从一个民谣歌手那里买的。"他说。

"他自己画的？"我问。

"对。"

"多少钱？"我问。

他笑了笑，说，事情是这样的，他喜欢那个人的歌，又发现他在微博里放自己的画，就问他可不可以买。

"我说我很穷，想买一幅最便宜的。"他说。

我大笑起来："这很有意思，他怎么说呢？"

"他说那你先挑吧。"

"所以你挑了这一幅？"

"对。"

"然后呢？"

"他说两百。"

我又笑起来。X 被我感染，他也笑了，继续说："然后我问，原本这个画要卖多少钱？他说两千，于是我说那不行，我再给你六百。"

这一段对话让我们的心情都好起来，我们有了兴致将聊天继续下去。我对他说起我曾经采访过的一个朋克乐队，他们住在京郊的破房子里，不组乐队的时候，他们就是水管工、泥瓦匠，自己装修、挖化粪池、做排水系统，后来他们开了一间小酒吧，彻夜轰鸣，不上台的时候他们也是收银员、会计、调酒师、清洁工。他们互相不计较干活儿多少，也不计较钱，像我小时候想象中的共产主义生活……

"我第一反应是，这样的生活能持续多久？"

"那你问他们了吗？"

"问了。他们说能持续多久就多久，回答得倒是很随性，一点儿也没有担心或是惋惜的意思。至于结婚、生孩子、找工作这种事，他们也完全不抗拒……这和我想象中的他们不同，其实比我想象中的更好……怎么说呢？也许这才是真的不畏惧，真的朋克……而不是停留在某种理念……"

"但他们也只能这样，不然又能怎么样？"他说。我哑然，我以为我说这些他会喜欢的，毕竟，他收藏了一张民谣歌手的画。

"后来，我又见到别的摇滚歌手。那人倒是红了一段时间，因为以前无意中听过他一首歌，用侗族歌曲改编的，我觉得好听，所以去了一次现场，结果真是失望……他唱歌完全不在调上，嗓子也哑了，像是被烟酒或是别的什么荼毒很深，他不断停下，用政治笑话来制造气氛，但凡他说点儿什么，台下总是一片叫好。我觉得糟糕极了……"

"你去听听 ×× 的歌吧。"他说了一个名字，就是那个画画的歌手。

我说好，但几乎同时我已经忘了他说的那个名字。我也有过彻夜听摇滚、听民谣的时候——八九年前，刚开始遭遇失眠那会儿，那段时间不知道持续了多久，但总归过去了。现在我一点儿也不关心那些。

短暂地，我们陷入了沉默。他点燃了一根香烟，细细白白的一条烟在雨雾中懒懒地穿梭、消散。我讨厌烟味，挪着脚步站到了上风向。

"我后来又看了一遍我那篇小说，确实没有什么价值。"他说。

他指的是前几个月给我看的一个短篇小说。那篇小说和他以前写的东西不同。他当时向我提出互相以对方为原型写一篇小说，我虽然不愿意，还是答应了。那篇小说我开了一个头就放下了，在那个开头里，一个男孩整天躲在自己房间里不肯出去。X 倒是很快完成了他的那篇，我看了之后惊讶于它的简单——那个以我为原型的女人，在小说的一开始就病得快死了，她在病床上躺着，和小说里的其他人几乎全无交流，也看不出她在想什么；到了小说的结尾，她真的死了，并且要求被放在一个铁棺材里；最后的场景我认为他写得不错——那个十分重的铁棺材把抬棺的人压得面目扭曲、汗流浃背，在阳光下闪着黑沉沉的光——我几乎要为此笑出声来。

"小说太简单了，太理念了，理念没问题，但这个理念也很简单。"我这样对他说。

当时他难以接受这样的评价。他抗议说，他不认为这是没有价值的，并且说世界上很多人都是这样活着又死去，他将来也会这样。我说这跟他小说的好坏没有关系，如果只是要表达这样简单的、一两句话就能说清楚的观念，为什么不干脆就写两句话呢，为什么要写一篇小说？

他激动的态度让我感觉有些陌生，我不喜欢这样。他以前并不这样，他写一些奇奇怪怪的小说，叙述很乱，让人看不懂，但其中总是有些动人的东西。我告诉他，如果要发表的话，还是要尽量让人读懂才行。他那时十四五岁，把写出来的那些文字看作自己的秘密，并不想给人看，更从未想过发表。我想这样很好，每个人写作的理由都不同，有些人想要被人看到，有些人不想。那段时期，我们的交流都很愉快，他有时候会冒出一些令我赞叹的想法，比如，当我和他讨论世人皆苦时，他会说："所以要受有价值的苦。"

近几年，他却急切地想要被肯定了。我认为和他现在所创作的东西相比，还是之前的好一些，即便不符合大众的阅读审美，里面还是有独特之处。我将它们推荐给我的朋友们看，也帮他投稿。没有杂志接受，也没有人喜欢，一个编辑认真读完之后告诉我，作者的语言太翻译腔了，语病很多，没有情节和人物的塑造，表达的东西也很不清晰。我承认他说得对。我告诉 X，如果你现在想要发表小说的话，也许可以先练习写好一个简单的故事，用尽量清晰的语言，而不要急着传达你自己都不清楚的理念。

他好像听不进去，接下来他依然四处投稿，我竟然在我工作的地方也看到了他的来稿。他当然没有得到回应，如果不是我拿着他的作品给人看，谁会从大众来稿里挑出他的作品？但我没法跟他说清楚这些，我开不了口。

最后，他的坚持让我失去了耐心。我说："你一点儿也不关心'人'，你不知道怎么写好一个'人'。"之后，我毫不客气地嘲讽了他，结束了我们的争论。现在，他承认自己的那篇小说没有价值。

他向我问起当下一些正当红的作家和作品。他似乎认为那些东西并不好，但同时他又认为自己判断错了，想要知道我的看法，要我说出它们的"好"来。或许因为这正是我工作的一部分，我的脑袋顿时疼起来，我感到无趣至极，于是不耐烦地打断他："你不该关注这些，这是在浪费你的时间！"

他不说话了。

"你应该关心自己的写作，不应该去研究别人走红的原因。"我说。

"不用把某一篇作品看得太重，写过以后就算了。你才刚刚开始，可以多尝试。"我安慰他。

话题结束了，我再一次想要离开这里，X还是坐在他的电动车后座上一动不动，眼睛低垂着看着前方，我顺着他的目光看去，那里是围墙一角，几丛叫不出名字的野生植物杂乱地生长着。

"你为什么说明年有东西寄给我保管？你要去哪儿吗？"我突然想到这件事。

他抬头看我一眼，又很快低下头去。

"我准备明年去死。"他说。

二

不止一个朋友向我表露过自杀的念头。

我曾在一个文学会议上认识一位女作家，她看起来有些特立独行，烟熏妆加上蓬乱的头发，瘦瘦的一副骨架。我们谈了几句很投缘，之后常常联系，我们不交流文学，说的都是平常的事情，她爱吃喝爱打扮，是个很有生活情趣的人，熟络之后，有一回我对她开玩笑说，我第一次见到你时，还以为你的手腕上会有几道疤呢。说完我自己笑了，她却没有笑。

　　某一天，我多年未见的好友突然来到我在的城市，在工作日约我吃午饭。面前的食物慢慢变凉，她只是一直滔滔不绝地说话，说的都是一些生活里鸡毛蒜皮的琐事，但我只有一个小时的时间。我说，我们今天就到这里吧。她眼睛突然红了，告诉我她可能撑不下去了。

　　一个人突然把自己拥有的物品都分发出去，宣布他这个环保主义者即将走向死亡。他的亲戚朋友乱成一团。

　　一个人为了抑制跳楼的冲动把自己送去精神病院。

　　这些人都没有死，至少现在还没有。有些人已经死了，他们此前并未被人注意，但死后却被找出许多生前留下的蛛丝马迹，证明他早有此意。抑郁症，大家给出的理由往往是这样。

　　如果仅从观念上来讲，我认为人能选择死亡是一件好事。一个人不能选择自己是否出生，却可以选择如何死亡，这难道不是一件神圣的礼物吗？但这个观念一旦具体到个人身上，我总是会否定。我不希望看见任何人做出这样的举动。具体到 X 身上，我更加害怕。因为我几乎不用思考，就能明白这件事情会给我们家族带来的影响。我的姑妈、表姐……我无法想象她们会遭受的打击。

在那个夜晚，X的种种叙述，都让我相信，他并不是在表达某种观念，释放某种情绪，或者诉说某种期望。他的态度让我感到那是他长久以来的一个计划，他终于想要实现它了。他谈及它时，甚至有些兴奋，就像计划一场旅行。他确实计划了一场旅行，他说自己想要死在大兴安岭，也可以死在云南的某处，但他最终决定要死在北方。如果可以，他希望自己能搞到一把枪——用枪是最好的，他说，但如果没有，就用绳子。他之所以走出自己的世界，让亲戚们托关系为自己找到一份枯燥的工作，只是为了能挣得一笔临死前的旅费。此时他身无分文。即便如此，在咖啡馆的账单依然是他付的，他喜欢买单这一点或许遗传自他爸爸，而他付账时用的是他妈妈的会员储值卡，他和她关系并不好，但为了买单，他给她打了一个电话。

或许我该说说他并不算遥远的过去，以及我和他是什么关系。

X与我同在一个家族里，他的母亲是我最年长的一位表姐，大我十五岁；他的外祖母是我父亲最年长的姐姐。我曾听父亲说，他幼时有一段时间和这位姐姐亲如母子。

这些亲戚关系并不复杂，X却完全不懂，对此也毫无兴趣。他有时候把我的祖母叫作外婆，又把我父亲和另一位舅公的辈分完全搞错。无论我多少次告诉他，他的外祖母是我的姑妈，他总是不记得。

在所有亲戚中，到我这一代关系还能维持得较为亲近的，是几个表兄妹。他本来不在其列，原本很可能会疏远起来，但偶然的一次机会导致我们开始联系。原因在于，少年时期的我曾在姑妈家寄住了一年时间，当时我家中遭遇一些变故，不少家具、书籍，都运到了姑妈家，在我离开后，那些东西也没有带走，长时间无人理会，直到 X 长大，成为一个少年，突然沉迷于书橱里来历不明的一些书籍，并且性情大变。在他十一岁时，他固执地相信玛雅人的预言，认定 2012 年就是世界末日，在墙上画一些谁也看不懂的符号。他还像老鼠那样到处藏东西，在他祖母的有泥土的院子里挖洞。他的祖母和母亲询问他这些想法的来由，他指向了我留下的那一堆书籍，因此我才被姑妈找来。她先是气急败坏地谴责我，之后又戚戚哀哀地请我开导他，当时我正念着大学，而 X 刚上初中。时至今日，我已经不记得自己曾对 X 说过什么，倒是记得当初因为接下这个烂摊子，自己多得了不少零花钱。

那时候我并不认为 X 有多大问题，只是少年人敏感多思，X 整日把自己关在房间里，连饭也要大人们送进去才吃。后来他告诉我，他藏的是自己写的小说，大约有几十万字。但他并没有拿给我看，我也没有索要，我当时对 X 大脑中的思想并无兴趣。X 把我当作是可以交流的人，但我仍把他看作小孩子，虽然我并不像其他长辈那样认为 X 精神上出了问题，但在我眼里，X 的问题也仅仅是随着时间便可以自行解决的"青春期事件"。我安慰姑妈（X 的祖母），告诉表姐（X 的妈妈），说 X 没有什么问题，相反，他还很聪明，领悟力极高。她们还是不信，带 X 去了北京的精神病医院，回来之后她们多少放了些心，说医生也是这样说的，并且饶有趣味地说，她们哄骗 X 去了北京，但他知道她们带他去干什么，也知道医生的问话都是什么目的。在她们的描述下，X 甚至有些得意地说，医生很聪明，但还是别想套我的话。那副小大人的模样让她们觉得好笑，也有些骄傲地认为，X 或许真如同我和医生所说的那样——聪明、领悟力高。无论如何，没有病就好，但 X 回家之后，除了上学，仍然不肯出房门一步。她们担心他晒不到太阳，不会长高，便想尽办法诱使他出来。

我在大学期间，每次节假日归来，她们便找到我，让我去看看 X，跟他聊聊，更是以和我一起去某处游玩、散步、吃大排档为名，把 X 叫出来。这办法屡试不爽。她们一直共同履行这件事，时间长了，几乎成为一种习惯，一直到近两年，表姐在打离婚官司，家中表兄妹也都四散在各个城市成家立业，多人的聚会很难再有，但我回家乡时，仍被一种习惯性的责任驱使，要去看一看 X 的情况怎么样。

这一次，我发现 X 已经是个大人了。他今年二十二岁。我每一年见到他，他都会有些不同，那是成长的痕迹，而这一年的变化格外大。X 有了工作，一份银行的工作。这令我感到十分吃惊，同时我为自己的吃惊而不解，因为一个二十二岁的年轻人大学毕业后去工作是再正常不过的事情，但我却为此感到吃惊，仿佛 X 应当永远待在他自己的房间里。

当 X 告诉我他赴死的计划时，我立刻相信了，也立刻想要阻止这件事。我急切地告诉他"你的人生才刚刚开始",随即意识到这样的话根本无法说服他。

我又问他:"为什么是明年?"

他回答我:"因为在写一部长篇小说。"他又看我一眼,说:"如果你看了还是认为没有价值的话……"

我愕然,反问他:"难道我认为有价值你就不死了吗?"

如果这就能阻止他的死亡,我大可以告诉他,他的作品多么有价值。作为一个编辑,这种事情我做得还少吗?他似乎也在同时感觉到了这段对话的可笑。他轻轻笑了一声,挽回道:"还是要我自己觉得有价值。"

过了一会儿,他说:"我也不清楚。"

至少,我明白了一件事,他是为了"价值",活着是为了"价值",死是因为没有"价值"。

可价值又是什么?如何衡量一个人是否有价值呢?这是一个"人"可以做到的吗?这是一个"人"可以评判的吗?

"我最有价值的时期已经过去了。"他说。

为了弄明白"价值"在他心中的标准。我问他:"你认为什么人是有价值的?"

"有思想的人。"

"如果一个人有智慧,有思想,但他不和任何人发生接触,也不向任何人传播自己的思想,你认为他有价值吗?"

"有。"他说,但是犹豫了。

"你认为这个世界大部分的人都没有价值?"

"对。"

"那么，你认为你的父母有价值吗？"

"没有。"

"你对你的父母有感情吗？"

"没有。"

"你难道从未对自己的父母产生过依赖吗？"

"当然有，就像动物依赖饲养它们的人那样。"

从和他的对话里，我可以得出结论：没有思想，没有精神追求，缺乏自我认识，凭着本能生活的人是没有价值的。而这个世界上，许许多多的人这样活着。我无法反驳他，我问："没有价值的人就该死吗？而且，人是很复杂的，你如何能够相信他们就像你以为的那样？人是变化的……"我甚至有些愤怒地说："如果一个人，一个掌握军队和权力的人也像你这样想，那有多少被认为'无价值'的人会死？"在 X 的大脑中，我读到了可怕的想法，若是他认为自己的生命是无须珍视的，那么他人的生命也一样。

"我就是这样想的。"X 说。

"可是没有人有这样的权力评判他人有没有价值。"我喃喃自语。

"我活着太痛苦了，想到死，我甚至很高兴。"

他确实很高兴，我从他眼睛里看到了光亮。我知道此刻我无法说服他，我长久地看着他，想要知道他这么想的原因。我发现我一直在忽视他，从我见到那个被认为有"精神问题"的少年人开始，从我和大家一样把那当成是"青春期叛逆"开始，我从未好好思考过这一切。我相信答案就在以往的生活中，但由于我的视而不见，现在我什么都不知道。

三

我去姑妈家吃了一顿午饭。X 当然也来了。他很珍惜和我相处的时光，就像小时候那样。只要有机会，他便滔滔不绝地跟我讲话，但在姑妈家，机会并不多。

姑爹和姑妈早几年从拆迁的老房子搬到了有些偏远的电梯房里，虽然客厅和房间里都换了现代化的装修和设施，但我还是能依稀看见当年那个小院子里的痕迹——阳台上的几盆兰花、洗手池旁边的一块搓衣板、小板凳、用旧了的沙发套……

我很怀念那个地方，尽管我只在那里住过一年，在那一年里我并不快乐，但也被他们疼爱过。对于 X 而言，那更是他成长的地方。他曾对我说，他很想念一只布老虎。我记得那只脏兮兮的布老虎，他小时候总是要带着它，后来大约因为太旧，被大人们丢弃。我告诉他，我当时很讨厌那只玩偶，又脏又可怕，像只真老虎。他听了之后笑了。真奇怪，他想念布老虎，却并不想念儿时居住的那个地方。

姑爹老了，已经七十五六岁，最近吵着要助听器，做饭的手也发抖，但还是下厨——他喜欢客人夸自己做的菜好吃。我的到来使得亲戚们又有了聚会的理由，大家坐了满满当当的一桌。我和 X 坐在一边。我不由得想到，如果 X 真的赴死，在座的各位会是怎样一番光景。

X曾是受姑爹和姑妈溺爱的一个孩子。那时家中一日三餐，他的餐具都与人不同——银筷子、银汤匙。喂他一顿饭，总是大人追在后面跑，他一路打闹、哭叫，亲戚们都说他太过骄纵。他虽然是小孩子，脾气却暴躁得很。当时我也尚且是个孩子，对此并不包容，几次对他怒气冲冲，他总能立刻察觉，张牙舞爪地冲上来，像只小猫那样用爪子死死抓住我的毛衣不放。我曾把这些事情描述给他听，他当然不记得，但是哈哈大笑。如今，这些确实也是有趣的珍贵回忆了。我在饭桌上再一次描述X小时候暴戾又滑稽的样子，姑妈却不喜欢听，连连否认道："哪有这些事，X从小到大都是很乖的。"

我只是想让X知道，即便为了这些人，为了那些好的回忆，他也不应该去死。但同时我也意识到，他们在X的眼里是"没有价值"的人。

表姐下班后也出现在姑妈家里，从她脸上我看不出任何苦恼的痕迹。我感到意外，这几年表姐一直很不快乐，去年她突然向单位请了长假，到杭州、上海来找我们散心，从亲戚们的只言片语中，我大致能想象出她与表姐夫大闹的场景，他们的水火不容渐渐蔓延到两个家族。在离婚官司上，双方都尽其所能，力求争得更多的财产——事到如今唯一有用的东西。午饭过后，表姐和X先后离开，姑妈叫了车去打麻将，我和她一同坐进车里，终于有机会问问她家里的事情，姑妈一时打开话匣子，滔滔不绝，全是碎片化的叙述，诸如表姐夫和一个女人在一起，这个女人坐他的车去打麻将，麻将桌上大家又说了些什么，表姐夫用了家里的房产贷款云云……这些话毫无重点，但我还是在里面听到了让我吃惊的部分，这一部分关于X。姑妈告诉我，因为离婚官司的事情，X用很粗俗的话骂了他母亲，她学着X骂人的语气，激动地说了一句街头吵架常见的脏话，之后她沉默了一会儿，告诉我X还打了他母亲，但很快又喋喋不休地解释，说他是受了父亲那边的欺骗、挑唆，又说他母亲只是为了管住他的钱，他结婚生子会需要一大笔钱……

我无话可说，姑妈完全不了解X。当X计划着一场死亡旅行的时候，她竟然以为他会很快结婚生子。X毫无追求世俗生活的欲望。姑妈对X的理解，正如这世界上许许多多母亲对儿子的理解一样。这些母亲没有认识到自己是一个独特的"人"，也没有意识到儿子是一个独特的"人"。她是母亲，他是儿子，仅此而已。这就是X厌恶她们的理由。可是……X怎么能打他的母亲呢？我能理解他的厌恶，却不能理解他辱骂、动手打自己的母亲。我不愿意想象那个画面，但那个画面已经浮现在我脑海里，我看到的并不是X，而是被打之后的表姐，捂着脸，惊愕、愤怒、悲哀的表情。

在我所不能看到的那一部分生活中，X究竟是个什么样的人？而那样的一个X，或许才是他大部分时候的模样。

我在X以往的文字中，看到过一段话——

"他清楚地发现，自己可不是能够坚持清醒、保持独立的那种人，而是为他所不齿的，能像水一样汇入任何容器里的人。"

　　那天晚上，大家依然一起聚在姑妈家的客厅里。我看着X，虽然他已经二十二岁，但在大人们的包围下，他依然像个孩子。X少年时就是这样，在人群中不说话，偶尔有人用玩笑逗他，他会腼腆地笑，有时他会撒娇般地和大人们打闹。即便在这一天晚上，他也依然做出了类似的举动，我看见表姐嘲笑了他什么，他笑着用拳头捶她，这一切都像小时候的画面一样。此刻的X，既不像与我单独谈话时的X，也不像姑妈描述中的X，但我知道那两个X也真实存在着。
　　聚会是喜悦的。家族聚会是我小时候最喜欢的一件事，现在看来也是一样。无论背后有些什么故事，当他们在餐桌上一同分享食物，称赞主人的厨艺，或是在客厅嘈杂的电视背景音中泡茶、吃点心、七嘴八舌地闲聊时，他们感到自己不是孤单的。X无论在哪儿都不能安分地坐着，他在房间里以一种滑稽的步子蹀来蹀去，似乎在自娱自乐，或是无意识地在排遣什么，而长辈们聊起下一代的下一代，某位表姐的孩子十五岁，在暑假突然个头儿蹿到一米八啦，体重也飙升到八九十公斤，再不是小孩儿模样了；某位表哥长得高大，妻子又是高大的东北人，身高一米七八，小孩现在三岁，已经像个五岁的孩子啦……她们谈论这些孩子，就像庄稼人谈论麦苗一样：一场雨下来，麦苗又长得多高啦？她们快乐地感慨着，家族里一直有新的、幼小的生命在赢得她们的宠爱，在她们的骄傲中成长，我曾是这其中的一个，X也曾是这其中的一个……突然有人记起了X，X也属于她们谈论的这一代，他是这一代孩子中最年长的那一个。

"X多高了？"

"X好像还是没怎么长高。"

"X太瘦了。"

X乖乖地回答："我一米七一。"

"胡说。"姑妈道，"前几年一米七一，现在还是一米七一吗？"随即郑重地宣布："X一米七五了！"

其他人默不作声，表姐首先大笑起来，"他哪里一米七五了？"姑妈仍坚持。大家起哄，让我们把拖鞋踢了比比身高——比身高是小时候的日常节目，虽然早已不再长个儿，我还是站了起来——我想看看姑妈接下来会怎么说。

我的身高是一米六九。X和我背靠背站着。大家都笑起来，纷纷用视力量出一二厘米，表姐又笑着先说："差不多哦！X你这个小矮子！"姑妈急忙走过来，声音盖住表姐，手在我头顶上比出一个拳头："高出一个拳头呢！一拳十厘米！"表姐听了之后觉得更好笑了，嘻嘻哈哈笑个不停，大家也都笑起来。我奚落姑妈说："那样X就一米八了。"姑妈也意识到这个数字夸张了些，又说我的个子不可能有一米六九。于是量身高的游戏持续了好些时候，大家拿来卷尺，又拿笔做记号，从正面量，从侧面看，总而言之，最后的结果确实如此：X一米七一，我一米六九。

姑妈有些怏怏然。我原本想告诉姑妈，X 根本不在意身高有多高这件事，表姐也不在意，大家都不在意。最终我什么也没说，姑妈只在意她自己在意的东西，她不承认 X 小时候脾气暴躁，也不愿意承认 X 长得并不高大。但这一切对 X，对任何人都不重要。

我望着姑妈低垂的眼睛，突然想起一件事情。很多年前，姑妈曾担心 X 把自己关在房间里，晒不到太阳，不会长高。当时我们认为这个想法实在好笑。

那天夜里，最后的聚会仍在大排档，我们从小爱去的地方，长辈们往往不参加，只有我们这一代的表兄弟姐妹们，还有 X——下一代中年纪最大的那一个。但这次聚会实在很是寥落，当年的孩子们都离开此地，除了我和表姐、X，只有一个三表姐在我们几乎把面前的食物都吃完时才醉醺醺地出现。从她兴奋但稳定的步伐中，我判断她并没有大醉。她走近时，我发现比起前两年，她明显地胖了许多。我们家族中所有人都很瘦，她是第一个胖起来的，我想，她的身体一直努力工作着，现在终于开始拒绝代谢她摄入的酒精了。

"我今天太开心了！见到你们。"她说，"我要喝酒！"她拍着桌子，好像桌子会给她酒似的。

我顿时紧张起来。在我的记忆中，从某一年开始，三表姐总是在几瓶啤酒下肚之后就开始呜呜嘤嘤地哭，那时候她也要求我陪着她喝，我都会听她的话。她哭泣的时候胡言乱语，尽管我不知道她在说什么，却总是陪着她一起哭。

可现在我不想再经历这样尴尬的局面了。我警惕地看着她，勉强带着微笑。

因为酗酒这件事，三表姐和丈夫家里闹了不少不愉快，我们家中的长辈也出面调解了多次，可她还是一样地喝，每一次都喝到烂醉。

三表姐原先并不是这样。我曾想找出她酗酒的原因，毕竟，她曾是我最喜欢、最尊敬的一个表姐。小时候我崇拜她，把她当作我的偶像，她在我眼里聪明又有才华。当时我曾对母亲表露过这个想法，我的母亲很吃惊，对此感到不可理解。周围的大人们也一样，不认为三表姐是个有出息的孩子。我当时同样不理解他们，但现在我懂了，因为我也成了一个大人。我知道当时在他们眼中，那个时候的三表姐是什么样子——穿着亲戚们的旧衣服，吊儿郎当，成绩差，家里穷，父母沉迷于赌博、麻将和吵架——毫无希望的家庭里的毫无希望的孩子。

但在一个孩子的眼里看不到这些。当时她在我眼中简直熠熠发光。

她有着很干净整洁的房间，用零花钱攒了许多精致的小玩意儿。她的审美很好，那些便宜的小东西都有着独特的个性和生命，玻璃烧制的小动物、漂亮的贴纸、手工做的小衣服、骑兵、恐龙蛋——她并不只是观赏它们，她还可以把它们画下来，画得栩栩如生。并没有老师教她这些，她只是自己画着玩儿，可是她画得那样好。我请求她教我，我只学了一两手，就足以在学校的绘画比赛中胜出。我的画长期贴在学校走廊的展示窗里，但我知道我只是在模仿她，甚至不及她十分之一。她还将她拥有的小玩意送给我，每次只送几件，每一件都考虑很久，我知道那些对于她都是珍贵的东西，我从未主动向她索要过，只是满心欢喜地等待着。时间长了，那些小东西几乎都去了我那里，连带着她童年难得的快乐也给了我。更大一些的时候，我学会了阅读，在她的书架上，我找到了许多好看的小说，我在她家里没日没夜地看，书中许多情节人物我都记忆犹新，其中一篇小说的女主人公常常被我想起，因为我曾觉得三表姐就像是她。

那女主人公便是一个少年时期难以管教的孩子。她贪玩、和男孩子们混在一起，顶撞大人、打架、成绩极差，勉强考上初中，依然是顽劣不改，之后只能读护士学校，家里对她不闻不问……未承想，她二十岁之后在医院工作，突然像变了个人似的，处事果决，大方得体又雷厉风行，没几年就做了受人尊敬的护士长，在医院中颇有话语权，又找了一个好丈夫，过上十分体面的生活，成为令其父母骄傲的女儿了。

现在想来，那并不是一个多么有趣的故事，只是作家将人物的性格刻画得十分细致，女主人公的转变虽称不上传奇，却也像是一个谜。人是多么复杂，即便是日常生活，也有许多令人不解又值得推敲的地方。

相似的经历也发生在二十岁的三表姐身上。那时候正上中学的我眼见着她一天天变得漂亮、自信、干练起来，就连一贯厌恶的考试，她也能取得好分数。她并没有上大学，因为中学时荒废学业，却有一个学习好的亲弟弟。她早早便出来工作。十九岁时，她在一家公司做前台，看起来那么与众不同，不安于现状。她总是坐在前台干些自己的事情，看一些报刊、书籍。不到一年时间，她通过招聘进入一家大型通信公司做职员，像个都市女性那样上起班来。她以有限的开支购买了几件套装，自己动手将其改造得很别致。她原本就有一个好的底子。不久之后，她交了一个男朋友，对方父母经营着几家物流公司。周围的人都没把这恋爱当回事，没想到第二年两人就结了婚。三表姐几乎变成同事中最富有的女人了。那时她不过二十二岁，亲戚们都说她开了窍，完全不像是她父母的女儿。

我想，三表姐一定也看过那篇小说，不知道她看的时候是什么感觉，看过之后又是否记得。小说中的故事以女主人公嫁了一个好丈夫，成为父母骄傲的女儿告终，而三表姐的生活还在继续。

"陪我喝酒！"三表姐看着我和 X，脸上带着笑意，命令道。

我和 X 连连摇头。我不善于应付喝醉的人，如果可以，我会远远躲开，而三表姐正坐在我对面，她把手臂搭在 X 的肩膀上，摇晃着他。X 显然也无法应付，他缩着脖子，像是被弄痒了似的，咧着嘴笑，又像个小孩了。三表姐不断重复着自己的要求，最后 X 只好说："今天不喝，春节再陪你喝吧。"

"今天不喝，"坐在我身边的大表姐也说，"这里没有酒。"

"听大姐的。"我忙说,"今天在这里,大姐最大。"

三表姐有些无措地笑了,这是我第一次拒绝她。她笑着听从了我们的话,但酒精依然在她身体里发挥着作用,她囫囵地说着醉话。

"你要努力,你要相信自己。"她重复了几遍,又问 X,"春节真的会陪我喝酒吗?"

"会的会的。"X 连声说。

"好,你很棒!"三表姐掏出手机,要和 X 一起自拍。X 看了一眼镜头中的自己,立刻捂住脸站起来,快速闪到一边,躲开三表姐的视线。不远不近地,他点燃一根烟,绕着一个大圈踱着步子。

"你还好吧?"三表姐看着我说。我点点头。

"你要是以后不好的话,我会去帮你的。"她没头没脑地说。

"帮你什么都可以,帮你做家务,帮你带孩子。"她说。

"我还没打算结婚呢。"我笑着说。

"那太好了!"三表姐大声笑着说。

"但是你以后要是不好的话……"

"但是你以后不要不好……"

"你想清楚自己要什么……"

三表姐重复着这些话,重复了许多遍。我只能傻笑着看着她,机械地点头表示同意。让我感到轻松的是,这一次她自始至终也没有哭,一直在笑。最后她笑着走了,回到她来这儿之前还未完成的酒局里去。

我不知道三表姐是从什么时候起开始酗酒的，又是因为什么事。我曾问过家里的长辈，他们想了想说："她一直就是那样的啊！"

我记得，少年时，我曾偷看过三表姐的日记。她的字很漂亮，内容更加令我讶异，虽然她记录的只是她的一些想法，那些想法来自她平庸的生活，但它们本身一点也不平庸。我惊叹于那些仿佛来自另一个世界的思想，但我又清清楚楚地知道，它就来自这里，来自这个充满争吵、贫穷，看不到希望的地方。

年少时顽劣的、难以管束的三表姐被忘记了，青春时上进的、令父母骄傲的三表姐也被忘记了，现在他们只记得她酗酒，并且说："她一直就是那样的啊！"

如果我向 X 讲述三表姐的事情，他会认为她有"价值"吗？

四

"你有没有想过，如果你死了，你妈妈会怎么样？"在 X 家，空荡荡的客厅里，我问他。

"会怎么样？" X 用无所谓的态度反问。

"她会很伤心，你认为她还能好好活着吗？"

……

"她以后的生活会怎么样？你想过吗？"

"那不关我的事!" X激动地说，"她伤心，她活不下去，都是她的事。"

我尽全力要说服X，哪怕让他动摇也好，但我说的尽是一些没用的话。甚至，我能理解他得出的结论——那些后果都和他没有关系，即便有人为他伤心也毫无关系，他们伤心的理由是他所不齿的，是他认为毫无"意义"，毫无"价值"的。

"人不能活在抽象的世界里。"我说。

"我不觉得抽象。" X说，"这都是真实存在的。"

我坐在X家的沙发上环顾四周。他父亲早已不住在这里，不过就算是此前他住在这里时，这里也像没人住似的——家具上积着灰，地板冷冰冰的，偌大的屋子不知道从何处散发出一股潮湿发霉的气味——大表姐确实很不会打理屋子。

"前段时间有个新闻，有个四十多岁的男人，母亲去世了。为了继续领他母亲的退休金，他把她的尸体存放在冰柜里。"我不知道我为什么要说起这个，好像这是一个测试，又好像我隐隐约约预计到了结果。

"要是我，我也会这样做的。" X从容地说。

我几乎要从沙发上跳起来，立刻离开这个屋子。我不否认，那一刻我感觉到害怕，但我一动不动地看着X，我想知道他是否仍和我是一样的"人"。

或许我的表情有些难看。X忽然笑了，说："换作是你死了，我不会这么做。"

我是否该感到荣幸，我是 X 眼中有价值的人？我暗自苦笑。我被无形之手赋予了一个任务——阻止 X 去死。如同当年姑妈让我来说服十一岁的他相信 2012 年不是世界末日一样。但我当时并没能说服他，我以一种无所谓的态度告诉他，急什么呢？2012 年不就快到了吗？看看不就知道了。

而现在呢？我是否能以一种侥幸的态度去等待他的末日？

短暂的沉默之后，我对他说起他的童年。我希望他能记起一些快乐的、温暖的场景，记得他获得过的陪伴和关爱。我对他提起 K——我的一个表弟，比他大两岁，在辈分上却是他的舅舅。他们两家住得很近，在同一个街道上，因此他们几乎是一同长大的。小时候，这个表弟有一段时间和我很亲近。他不像 X 那样暴虐，但和 X 在一起时，他们却也常常打起来，最后两个人在姑妈的院子里哭得震天响。

"你还记得 K 吗？"我说。

"当然了。"

"你们还联系吗？"我问。

"不联系。"X 答。

……

"你们小时候总是打架，为什么呢？"我随口问，本以为 X 一定不记得的。

"因为他总是说一些令人难受的话。"X 竟然很快回答出来。我很诧异，我记得那时他们不过是五六岁而已。

"他那么小，能说什么呢？"我好奇地问。

"我也记不清，似乎是诱导我去做什么，又说要告诉大人吧！这总是让我很生气。"

　　"嗯……"我沉吟道，这和我记忆中温柔腼腆的 K 并不一样。我告诉 X，在 K 更小一点儿的时候，他总是像只刚出生的小鸭子那样跟着我，性情也像小鸭子那样温顺可爱。我人生中唯一一次挨了祖母的骂，就是因为 K 跟着我站在阶梯旁边晃，结果栽下去了，头摔破了，流了血。

　　X 听了这些，表现出兴趣，我忙鼓励他说："你和 K 一起长大，难道没什么有趣的事情发生吗？"

　　X 想了想，好笑似的说："听你这样讲，我想起来了，K 好像很容易受伤，小时候我和他一起放学，走在路上互相背来背去，结果他背我的时候一头栽倒在地，脑袋不停地流血……我们都吓坏了，当时我跑到路边的住户家拍门，哭着叫：'救命啊！救命啊！'后来真的有人出来，把我们带进去，给他处理了伤口，送他回了家。"

　　X 说完，我和他一同笑起来。仿佛又回到童年的光景了。

　　"K 现在在哪儿呢？在干什么？" X 终于问。

　　"他和我在一个城市，在理财公司，跳过几次槽，有时候他会来我这儿吃饭，看起来精力十足，但是身体不太好。他的胃有很严重的毛病，他总是不喝水，喝饮料，他对各种环境的适应速度很快，总是在计划怎样挣钱……挣钱……"

　　X 的笑容又消失了。我有些后悔，我应该继续讲他们的童年才对。

　　"K 有些特别……"我说。

"他有什么特别？"X露出鄙夷的样子。

"他和我们不同，我们都想永远当小孩，而他想当大人……他很早以前就是这样，急切地想当一个大人。"说着，我突然在脑海中找到许许多多K，我所不理解的K。我发现我也并不了解K，我对他的认识只停留在很早很早的记忆里，那是我们亲情的维系点——他像小鸭子那样跟着我的画面。事实上那只有一瞬而已。我曾试图与K分享这一段回忆，但K说他忘了。

原本想要唤起一些美好回忆的我，却记起一些痛苦的事。我记起还是一个孩子的K（六七岁）曾在一条小路上飞快地骑着自己的四轮儿童自行车，碾压一只后腿残疾的流浪小哈巴狗。

那时的我十二岁，面对这样的场景惊恐万状，我努力地拿出姐姐的架势制止他、责骂他，全都无用。K只是充耳不闻，他的眼睛只盯着前方拼命逃窜的小哈巴狗——它起初被他赶进了一条满是泥巴的沟渠里，在里面挣扎着——他安坐在他的小车上，等着它爬出来——继续追逐满身是伤的它。

我几乎是哭着跑开了。我去寻求大人们的帮助，当有人跟着我赶来之后，这件事情已经结束了——那只流浪狗没了踪影，而K正推着小车，安安静静地往回走。

向X讲述这件事的时候，我依然感到难过。但很快，我想起了一些好的事情，我为K辩解道："但我现在养的这只小猫是K捡回来的。它被捡到的时候还没睁眼呢！K发现之后，立刻带它去了医院，做了检查，买了针管和幼猫奶粉……"

"所以人是复杂的，人是会变的……"我不停地说着，似乎想要以此证明什么，但 X 只是笑着说："这很正常。"

"什么很正常？"

"人喜欢一个东西，和想伤害它，本身就不冲突。"

我坦言自己不明白。

"我也救过很多刚出生的小猫，母猫生下它们之后没有奶水。我给它们保温、喂羊奶、擦屎尿……"他停了一会儿，问我，"你记不记得我写过一篇虐猫的小说？"

我一怔。我立刻想起那篇东西，那是他四五年前给我看的一篇小说，也许更早。

他并没有等我回答，而是说："我记得你当时看完后问我的第一句话就是：'这是真的吗？'"

我又是一怔，他对这件事的记忆比我清晰许多，而我同时也记起了他的回答——"是真的。"

我记得那小说里的一些场景，一个小男孩如何去折磨一只刚刚睁开眼的小猫，他对小猫美好可爱的模样进行了细致的描绘，随后用力捅向它的腹部，把它放进真空塑料袋里，抽掉空气。他欣赏它挣扎的样子，享受它微弱的呼救声，他不让它死，总是在最后一刻又拯救它，拯救了之后又继续伤害它……对于他的回答，我感到生气，但我并不像童年时面对 K 碾压流浪狗，面对已经过去而无法改变的事那样痛苦。那时的我告诉他，这篇小说写得并不好。"除了虐猫，你想表达什么？"我说。

当时我并不知道，他也曾救了一些猫。所以，现在我知道了，他在救猫的同时也虐猫。

　　"现在我不会这么做了。"X 说，像是安慰我，其实只是在陈述事实，"但小时候谁都会这么干。"

　　"谁都会这么干？"我不自觉地反问。

　　"以前我有个邻居家的小孩，跟我一样大，他喜欢割黄鳝。"

　　"割黄鳝？"我脑子里浮现出黄鳝扭动着的、滑腻腻的身体。这种生物令我感到恶心，却总是以各种各样的方式出现在宴席上，我从不肯把筷子伸向它。

　　"对啊！"他的表情像是想到十分好笑的事情，"我们那时几乎每天都在一起玩，但只要有一天他没来找我，一定是在家里割黄鳝。"说着，X 描绘起他童年时从邻居的窗户里看到的场景——一个小男孩蹲在铺着瓷砖的地面上，拿着刀，专心致志地在蜷曲扭动的黄鳝身上刻出一道一道的伤口。

　　这是残忍的场景，可不知道为什么，由于他的描述，我竟然笑了出来。

　　"你有没有问过他为什么？"我说。

　　"有，他说他喜欢看它挣扎的样子，还喜欢听它痛苦的时候发出'嘶嘶'的声音。"

　　我从来不知道黄鳝也有声音。

　　X 又说起和小伙伴们一起割蚯蚓的经历。他说他并不喜欢那么做，但因为大家都那样做，他便也一起，并且装作很高兴。他的讲述让我记起，小学时有一堂生物课，老师讲过蚯蚓被切成两段还能存活的事情，并且对我们说，有机会可以做实验试试看。

我笑着摇摇头。确实如 X 所说，几乎每个孩子都会这么干。我小学时见过男生把逮住的蝙蝠塞进墙缝里，蝙蝠的身躯被挤作可怕的一团，它大声地吱吱叫着，慢慢变得小声，再到无声。还有一阵子女生之间流行起养蚕宝宝，大家偷偷把肥白的蚕放进文具盒里带到教室，但她们玩过之后就把它们丢了，从垃圾筐的一角，蚕宝宝一只接一只地沿着墙壁爬了出来，在课间活动中被追打嬉闹的学生们踩扁，变成黏腻的一片肉糊。

而我自己又做过什么？我在记忆里搜索，我曾剪断蚊子的腿，捏死过蚂蚁，而诸如蜻蜓、蝴蝶这样有几分美丽的昆虫，我便不忍伤害。可十一二岁的时候，我也做过一件奇怪的事情——我把租客家里养的一只小狗引到怀里，摁住它，企图让它窒息。到现在我也不清楚当时我为什么要那样做，但当时的我为此写了一封自白书，并且把它交给我的父亲。

"你爸爸怎么说？" X 问。

"他说，你想得太多了。"我回答。

我想，我当时或许想从父亲那里得到答案，或者是惩罚，但我什么都没有得到。其实更有可能的是——我父亲也不知道答案。那封信不久之后就被我烧了。里面写了什么，我现在一点儿也想不起来。

"你看过《金阁寺》吗？"我突然想到这部小说，"三岛由纪夫的。"

"没有，看过他一些别的。这个很好吗？"

"或许你可以看看。"我说，但话一出口，我又后悔了，觉得我不该在这时候向他推荐这样的小说。我补充道："其实没有什么好看，太观念了……"我想给他推荐点别的东西代替，比如塞林格。他的小说里充满了对亲人的温馨记忆，但我随即想到，X看过他的东西，我曾和他讨论过，他最喜欢的那一篇恰好是我不喜欢的那一篇——《逮香蕉鱼的好日子》。

"他把主人公的死简单化了，这个小说太概念了。我不喜欢这样去理解死亡。"我曾对X这样说，"仿佛死亡只需要几个元素，比如战争创伤。"

"我觉得这和战争关系不大，"X说，"没有战争他也会是这样一个人。"

"如果和战争关系不大，那么他不提战争不是更好吗，何必用'退伍士兵'这个身份。"

"战争在这里就像一种比喻。"

"会有经历过战争的人把'战争'当比喻吗？"

"他在'艾米莉'那篇里也说，就算不打仗他也是这样的人。"X说。

"这才是最根本的原因。"他补充道。

……

向死的欲望是原本就存在的，不需要外力推动，是这样吗？

也许是这样。

那天我们讨论了很长时间，很久之后我再回顾这一切，我发现我们的出发点是不同的，他谈的是作者的意图——作者想表达什么，而我谈论的是作品最后的呈现——读者能看到什么。

X 最喜欢的作家是加缪和陀思妥耶夫斯基，最喜欢的作品是《局外人》和《罪与罚》。而对于塞林格，他这样评价：对于同一类的问题，加缪会在哲学里寻找原因，塞林格就只是在提出问题。我说我同意，塞林格像一个孩子。他沉浸在自己的情绪里，把自己的一切回忆和感受都看得很重要，非常重要。他其实没有太考虑读者。而加缪想要为人类做点儿什么。

我问 X："你觉得写作是为了什么？"

他思考过后突然眼睛一亮，说："我觉得它有点儿像传教。"

我很高兴他这样说，"所以，写作是为了把自己艰难获得的东西传递给其他人，不是吗？"

这难道不是一个活下去的理由吗？

那天在 X 家客厅里的谈话就这样结束了，虽然开始时很不愉快，但结束时却是轻松的，我想，我们之间仍然有很多共识。他并不是一个万念俱灰的人，相反，他依然充满灵感，充满生命力。临走之前，我去看了看他的书架——那上面还放着许多我当初留下的书，文学理论、心理学读物、小说什么的，还有许多新的、偏门的书，有些是他从网上找的盗版书（因为买不到正版），大学期间，我也有这个四处搜书的劲头，现在早就懒了。看到他的书架，我兴致勃勃请他为我推荐。他借给我两本书，一本是讲基督教在乡村传播的社会学读物，另一本是装帧十分粗糙的诗集——封面上只有一张大大的、未经艺术处理的模糊人脸，相貌极其普通。这本诗集的作者叫许立志。

五

离开前，我终于还是在他家看到了那幅画。确实，画的颜色在室内的灯光下显得鲜艳了些，只是这样一来就更难看了。我实在不知道如何评价，又或许是我不懂得欣赏。

"你到底喜欢这幅画什么呢？"我问。

"你不觉得这幅画给人一种希望吗？"

"希望……"我喃喃自语，"大概吧。"我未曾在哪幅画里看到过希望。如果说有什么画给我留下的印象深刻，那大概是凡·高的《向日葵》《星空》，它们都给我一种精神错乱的感觉，使我相信凡·高看到的画面原本就是那样。我记得童时，祖母家门前有一条小水渠，水渠边往往长着一簇簇星星点点的、黄紫间杂的小花。表姐曾叫我不要盯着它们看，因为它们会诱使我落水。表姐的叮嘱使我感到害怕，但又忍不住好奇，经过水渠时时常去寻找它们。多年以后看到《向日葵》，我产生同样的感受，我无法长时间盯着它、仔细地观察它，因为它使我头晕目眩，忘记这个世界本来的样子。但我却好奇，如果长久地看着它，它是否也会诱使我落到什么地方去。

这一刻，我盯着 X 放在我面前的那幅画。我突然发觉，我十分厌恶画上这女人的表情——她垂着眼睛，似笑非笑，好像什么都知道似的，又好像什么都无所谓。它总体的风格，很像是幼儿园的孩子画出的——这样的表情往往来自小朋友的失误。我看着它，而 X 正看着我。这个清冷的屋子里充满诡异的气氛。

"我不想看了。"我说，催促 X 把这幅画收起来。X 依然没有得到期待中的我的赞赏。我们再一次坐到了客厅沙发的两个位置上。

我就要离开这里了，回到我工作的那个城市去。可是我的任务还是没有完成——劝说 X 放弃死亡。我有些焦躁不安，又无可奈何。但 X 突然对我提起我最近的小说来。

"你最近的几篇小说是怎么回事？"他问我。

"嗯？"

"我觉得你最近几篇小说都……"他想了一个词，"不真诚了。"

我愣住，随即不安起来。我最近写的几篇小说风格确实和以前不同，题材也不同，从青少年的内心世界转向了都市里的成年人——一成不变的生活、贫瘠的内心、庸常却无法摆脱的困境。我能明白 X 所说的"不真诚"是什么意思。事实上，我有些心虚——我在尝试一种更易控制，也更能寻求读者的写法，但我不同意他所说的"不真诚"。我为自己辩解道："可是编辑和评论家们说……"

话一出口我便后悔了。不久前，正是我斥责他不该关心当下的评论、潮流，不该在意批评家或是编辑说了什么、追捧了什么人。而现在，我却想用这一套来为自己辩解？的确，我以前的作品无人问津，而最近的几篇东西，竟得到编辑和评论家的肯定了，但这就能证明我写得好吗？不能。

我对此感到难以接受，试图从另一方面去辩解："我只是想尝试一些新的东西，写一些新的人群，我并没有放弃之前的那种写作，我只是……"

虽然我说的是事实，但这些话听起来仍软弱无力，甚至像是狡辩了。

果然，X的态度还是一样，他并不打算放过我，淡淡笑着说："可是那些东西没有意义啊，没有价值。"

"什么是意义？什么是价值？坐在办公室里，生活一成不变的人就没有价值了吗？就不值得写了吗？"我有些生气。

"不是……"他仔细想了想，说，"是你选的那些人没有价值。"

我恼火地说："他们也许过着枯燥的生活，也许无知，不懂得反省自己的生活状态也没有能力摆脱，但他们的人性中也有美好的地方，也有闪光之处，他们……"

"是没错，"他说，"但你有这个工夫，为什么不去写一些更有价值的人？"

"更有价值的人……"我重复这句话。

可什么是更有价值的人？更有价值的人在哪儿？我反观自己，与其说去虚构"更有价值"的人，倒不如说，我的写作观是让这些看起来"没有价值"的人显出他们的"价值"，我在寻找他们的价值，想证明他们都是有独立意识的个体，有"灵魂"的个体。

我颓丧起来，他的话证明我并没有做到。

"也许是我写得不好。"话一出口，我更认定是这样，我不认为我的写作方向有什么问题，只是我做得还不够好，我的认识还不足。

这样一想，我高兴起来。我很难和周围的人这样讨论，因为我周围的人大多和我一样，我们是职业作者，是编辑，是批评家，是出版商，我们都局限于自己的经验，并且有着世俗的目的。我羡慕X，他仍拥有尚未被市场和圈子污染的、忠于自己的经验和审美，但他自己并不知道这一点。

"你为什么没有写那篇小说？"X问，"以我为原型的那一篇。"

"因为我太熟悉你了，"我坦白说，"我不会像你那样去写，以一个理念。我会去分析你，但关于你，我知道的太多了，我不愿意对你这么做……不知道你能明白吗？那就像是窥探你的隐私。"

他点点头，不知道是表示理解还是同意，又或者仅仅表示听到了。

我确实一直在逃避这件事——分析他，或许我害怕这么做，因为分析他必然也得分析他周围的一切——这战火会蔓延到我自己。也因此，我无从知晓他自杀的念头从何而来，更无法劝阻。又因此，现在的我不得不尽全力分析他，了解他——或许我早该做这件事。

"你从什么时候开始想要自杀？"

"说起来，从很小的时候就开始了，但那确实仅仅是一个念头而已。难道你没有过这样的念头吗？"他反问我，好像笃定我有。

我不得不承认这一点。我确实有过，从十三四岁开始，有几年，我每天都想着死亡的事情。甚至可能更早，在很小的时候我也想过，但也像 X 那样是一个念头而已。后来，我开始认为人生无趣到了极点，我和 X 一样认为活着没有意义，没有价值。我告诉 X，在成长期间，我有过几次剧烈的变化：在少年时期，我只关心自己的内心，那里面乱极了，全都是理不清的一些东西，我徒劳地为之挣扎；但是几年以后，我找到了一个出口，或者说是一个途径——我开始关注外部世界，我开始明白我当年那些没来由的矛盾和挣扎是怎么回事——是人的本能和社会性之间的冲突，不仅仅是我，而是所有的人，每个人都是那么的复杂，每个人的"本能"都不一样，人们内心的冲突自然也都不一样。这样一来，虽然问题还是无法得到解答——没有通用算法——但我至少心安了一些，因为并不是全无可解。

"我好像和你相反，我原先关注的是外部世界，现在关注的是内部世界。"X 说。

我思考了一会儿，我认为 X 并不知道外部世界是什么，他的外部世界更多来自他的想象。

"你还不了解这个世界。"我说，"所以你不应该去死。"我确实这样想，自以为对人生有了足够的了解而做出死亡的决定，在我看来太狂妄了。

事实上，死亡的念头到现在仍然没有离开过我，但我一点儿也不想这样做。我告诉 X，我不想死，因为我不愿意在无知中死去。

"那么活着，你最终又能知道多少？" X 反问。

人最终还是得在无知中死去，我无法否认这一点。

"但是活着至少有希望，尽可能知道更多！把自己知道的传给别人……"

"没有希望。" X 打断我说，"我没有希望了，我每天做的事情就是点钞票、拉客户，为了挣一点点刚刚好够活下去的钱，我也没有时间，也没有精力，白天已经很累，晚上还是睡不着。"

终于，X 还是向我说出了他的现实苦恼，与他的哲学苦恼相比，他的现实苦恼看起来如此简单，但是同样难以解决。我不免有些轻视他，我告诉他——这些琐碎、痛苦、无价值、无意义的一切也是生活的一部分，并且是很大一部分；我告诉他——我也同样过着平庸无聊的生活，我也时常做着毫无意义和价值的事情。

"那不一样。" X 说，"你至少有时间。"

我确实有时间，但时间有它的价格。我没有为了金钱去损耗自己的健康与精力，也不愿意牺牲自由与尊严以求向上攀爬。但这代价正是我看不见的未来——我能将这样一种理想的生活进行多久？当它结束之后，我又该怎么办？我没有钱，没有居所，没有家庭，没有后代……我没有把这些话告诉他，毕竟，现在要解决的是他的问题。

"你应该更充实自己，更关心这个世界……"

X似乎不想再听这些，他问我，几天前拿走的两本书看了没有。

我已经把它们带来了，我从帆布袋子里面掏出这两本书，关于基督教的那一本我已经看完了，许立志的诗集我随便翻了翻，没有细看。但X询问我对他诗作的看法，显出期待。

我有些心虚地再一次翻开诗集。许立志，这个名字很熟悉，但我不记得在哪里听过。

我看到这样一首诗：

电梯

我走了进去

一副立起来的棺材

随着棺材盖缓缓合上

我与这个世界

从此隔绝

我又翻了翻，看到另一首：

自嘲歌

人家是高富帅
我是矮穷矬
人家身价过亿
我身患鼠疫
……

我把诗集合上了。X 为什么要推荐这本诗集给我？我不明白，难道他喜欢吗？

"你怎么想？"他问。

我想，这一定就是被市场归为"打工诗人"的那一类了。我讨厌这个分类，更讨厌他们将"打工人"的写作称为"打工文学"。其实所有"青春文学""类型文学"的分类也一样带着偏见，但听起来都没有"打工文学"这样令人厌恶。或许，苦难和消费之间有着难以跨越的鸿沟。我更厌恶有人把自己的创作称为"打工文学"，我无法同情任由自己被消费的人。

"他有天赋。"我说，"他很敏感，许多人都这样活着，但他们麻木着，而他感受到了，并且能用抽象的方式表达出来，这就是所谓的天赋。"

"比如这一首《电梯》，"我说道，"他能想到立起来的棺材，这很好，但是如果多看几首，会发现他的修辞很贫乏，几乎都是类似的意象。"我一边翻着诗集，一边说，"这能看出他本身的生活足够压抑，但也说明，文学创作仅有天赋是不够的。"说到此，我不禁认为这又是一个劝导 X 的好机会，于是我说："所以，他应该继续学习，多积累，开阔视野……才能将天赋……"

"他怎么学习？"X 再一次打断我，"他没有时间学习！他没有机会学习！他整天都在工厂里！"

我察觉到 X 的情绪波动，但我有些讥笑地说："可他不是被发现了吗？他已经成名，并且出了诗集。"说着，我职业性地翻到封底看了看，"还是一个主流的出版社。"我无意间流露出轻蔑，仿佛诗人背叛了自己的阶级。

"可是他死了。"X 说，"是自杀。"

我惊讶地看着 X。我发觉自己不理解的东西太多了，此刻的我就像个小丑，像个傻瓜。

"为什么……他既然已经有机会……"

"而且，他的死是在书出版之后，当时还有人找他拍电影，他还是死了，自己选择死……"

……

我重新翻开手中的那本诗集，这一次我看到了：

新的一天

一颗螺丝掉在地上
在这个加班的夜晚
垂直降落，轻轻一响

不会引起任何人的注意

就像在此之前

某个相同的夜晚

有个人掉在地上

我的心情沉下来，顷刻间，我手里捧着的诗集已变成了遗物。

"你有没有想过，假如你没有念过书，没考上大学，你现在会过着什么样的生活？"X问我。

"我还真的想过，"我说，"但是……没有认真想。"

"要是你出生在贫穷的家庭，没有受过教育，你不也得像他一样，去工厂做工，过一样的生活？"X继续问。

我想了想，笑了，说："你看，你还是不了解人，如果我是那样，多半早就嫁人了，而且，说不定还是个有钱人……"我真的认真思考起来，在我的想象中，我不到二十岁便嫁了人，对方也许会是个生意人，也许会是个生意人的儿子，也可能是个小混混……那样的话，我现在会是个什么样的人？

"那么我也许已经糊里糊涂结了婚，不到两年便生了孩子，也许其间几度绝望，又几度燃起希望。毫无疑问，我肯定不爱我的丈夫，但也许我会寄希望于我的孩子，但是……"我心里升起恐怖的念头，"也许一些年后，孩子的天真褪去，我会发现他和他的父亲一样平庸，和这个世界上任何平庸的人一样……也许我会真正感受到绝望……说不定我会想要杀死他，连同他父亲一起，连同我自己。"

我越说越激动，说完最后一句话时，我被自己的声音吓了一跳。

"你不觉得这样想一想很有意思吗？你为什么不写这样的一个小说？" X笑着问我。

我也笑了一声。

"这样负面的东西……恐怕不能发表吧。" 我回答。

六

对于X求死的意念，我终于有了新的理解。我们最后的谈话在一次散步中进行。

"你想要的是一种什么样的生活？" 我问。

"有时间，有足够生活的钱，看看自己想看的书，想想事情。" X答。

我笑了。这听起来并不难，但或许确实是十分困难的。"没有什么是可以轻易得来的，你想要的一切都得付出代价。" 我说。

"可是我无法忍受，况且，忍受并不会让这一切变得更好。"

活着就有希望，我又想这样说。不过，我意识到我早已这样说过了，我明白自己求生的意志并不能成为他人活下去的理由。我也知道，自己从根本上并不反对死亡这件事，我只是本能地不愿意X去死，只因为他是我的家人，是表姐的儿子，是姑妈的外孙。这是最世俗也最直接的理由，而非因为他的"价值"。

X告诉我，有两件事曾对他的人生观产生重大影响。一件发生在他幼年时：在一个冬天的夜晚，他和表妹在屋子里玩，突然听见外面有异常的响动。当他们跑出去看时，发现是祖父祖母在杀自己家里的狗。

我立刻记起了这个情节。我曾在他的一篇小说里看到过这样一段叙述。他处理得非常淡然，我曾对那个情节大加赞赏，却没有问过他，其中的事件是否真的发生过。

那篇小说是我认为他写得最好的一篇。它混乱失序，难以阅读，小说中的人物也都处于一种混沌、缺乏理性的状态之中。在一个场景中，他的祖母带着一种古怪的悲哀情绪杀了自己的狗，因为冬天到了，所有的狗都将在这个季节被吃掉。

在小说里，男孩问祖母："你不是喜欢它的吗？"

他的祖母像受了惊吓般地回答说："我是喜欢它……但，不，没有！我怎么会喜欢它呢？"

他写下这段文字时只有十八九岁。当我读到那个段落时，我惊讶于他虚构的才华、敏锐的感受和表达能力——他那么克制、从容。我唯独没有想到，这件事情也是真实发生过的，因为我认识X的祖父祖母，他们的形象实在很难和X所描述的行为联系起来。而真实情况比小说里荒诞惨烈得多。

X的祖父是一位行政官员，X的祖母则是一位中学老师，从事了几十年的教学工作。他们的穿着比当地一般人都要体面些。我对 X 祖父的印象，是他用电视投屏给我们看他出行欧洲十几个国家的照片，在我们所知的每个著名景点、建筑前，他都留下了合影——他总是站在居中的位置，一成不变地微笑着。而 X 的祖母，她烫着得体的齐耳卷发，穿着羊毛衫和真丝裙子。她十分可亲，给我留下非常好的印象，我记得我幼时曾在她家里翻到一本《知音》，正沉浸于其中色情、暴力与犯罪的离奇故事时，她教导我，小孩子缺乏判断力，不该看这样不好的书。

这样的两个人，在 X 对我的讲述中，竟在一个冬日的夜里，将家中饲养了一年的幼犬诱骗到院门边，将狗的脑袋夹在门与门框之间，铆足力气扼住狗的脖子，企图将它以这种方式处死。这是多么滑稽的场景——他们不用气枪，不用绳子——那是狗贩子用的东西。他们是知识分子，是体面的人，于是创造出这样可笑的杀狗的法子。幼小的 X 与他的表妹一同从屋子里冲出来，面对这样的场景大声嚎哭。X 请求祖父祖母放过这只倒霉的狗，他们家养的狗，他们爱抚过的狗。他去推搡他们，但庄严的大人们只是纹丝不动。

好荒诞的一个场景。我不禁想象那样一对体面的夫妇怎样诱骗自家摇着尾巴撒欢的笨狗进入门框，怎样痛下杀手，又怎样紧张地在两个孙辈的面前为了不"前功尽弃"而坚定地行刑。X 到底从中悟到了什么呢？

毁灭或许和一个人体面与否无关，和是否受过教育无关，和受过何种教育也无关。谁也说不清人心底里究竟藏着什么。

"那么第二件事呢？"抛开上面那个无解的问题，我问他。

"第二件，"他看着我说，"我初中时的某一天，在你祖母的院子里玩，在那棵柚子树下面，你对我说了一句话。"

我大吃一惊。

"什么话？"我急忙问。

X 没有回答我，我又接连问了几遍，他似乎在努力地回忆，但最终他说他忘了。

他真的忘了吗？如果那句话那么重要，重要到足以影响他的人生观。我怀疑地看着 X。但他何必说谎呢？他让我陷入一种不快，我悲哀地感到一种无法推卸的责任。我不愿意相信他说的话，勉强从嘴角挤出一个笑容。

面对他的沉默，我只能自己努力去还原那样一个场景。祖母的院子、柚子树，那是我无比熟悉和怀念的地方，是我度过童年和少年时期的地方。按照 X 念初中的时间推算，那时我应该是大学本科毕业，或者正在读研究生了。我回忆我那时候的状态——我已经是个大人，我平和、不激进、不反叛、不绝望，更不像少年时期那样整天把人生无意义和死亡挂在嘴边。我会对他说些什么呢？

"别想了。"他安慰我，"也许只是一句平常的话。"

我狐疑地看着他。

我不能忍受这个假设——我的话对他的人生产生过重大的影响。因为一旦接受这个设定，也证明我对他求死的欲念产生了重大的影响，而我想阻止这件事情发生。我无法理解，他如何能对这个世界毫无留恋？即便是我，对他的父母尚且怀有感情。如果说我对他产生了影响，为什么我对这个世界的感受他毫无体会？我感到挫败极了。

我再一次向 X 提起他的父母。我幼时曾见证他父母的恋爱。当时他的母亲、我的表姐二十二岁，脸庞尚且留有少女的圆润，那会儿她是家族中公认最美的女孩子，她上班的地方是一家木材厂，恰好在我的小学旁边，我放学时最快乐的一件事就是恰巧遇见表姐下班，因为和我同行的小孩们见到表姐都会惊叹说："你姐姐好漂亮！"至今我仍然记得当时的表姐——长发，穿一袭白裙，温柔、拘谨、羞怯的样子。而那时候追求表姐的表姐夫，也一样充满光彩——一个带着爱慕和善意的年轻人。

他们的恋爱很美好，在他们婚后的很长一段时间里，表姐夫都是我们家族中最受好评的女婿，长辈们常常提起他红着脸提着一只花花绿绿的长尾巴公鸡去岳父家串门儿的场景。他对我也总是很大方，如果无意中在哪里碰见他，下一秒我们一定是去了附近最大的超市，我的书包里会装满零食和玩具，数量足够我省下几个月的零花钱。

我想，任何人都应当会想要了解自己的父母。我把我所知不多的一切都倾倒给 X。我告诉他，他的坏脾气恐怕遗传自表姐，我描述表姐幼时因为和长辈赌气在柚子树下大哭大闹的场景（尽管我未曾见过），我讲述表姐在桌球店被调戏险些和人大打出手的场景（也只是听长辈说过）。我也告诉 X，表姐夫如何善良孝顺——他甚至比表姐还要孝顺她的祖母，但他也确实好色——我曾看见他调戏他的一位姨妹。

但 X 并不喜欢听这些。这些不能激发他的任何感情。他对此毫无兴趣。

"《金阁寺》我看过了。"他说。

"哦……那么,怎么样?"

"你觉得沟口烧寺是因为美的破灭,还是对美的追求,还是对美的反抗?"

"追求?为了保全美?"我随口答道。

"我觉得是反抗,带着一点破灭。他烧金阁寺是在反抗金阁寺对他的压迫。"

"我看的时候并没有什么共鸣。"

"我有。"X 说,"特别是逢佛杀佛,逢祖杀祖,逢亲人杀亲人那段话。"

我不知道该说什么。

"这里面的三个佛教典故,沟口都是知道的。'杀猫'和'顶鞋'是相互化解的,但是杀佛没有。"X 说,"也许他悟出了这是另一种得道。"

……

我想我是失败了。我的劝说显得那样愚蠢可笑。我感到劳累不堪……与此同时,我似乎并不像第一次听他讲述死亡计划之后那样恐惧,那样坚信他确实会去执行那个计划。或许这些天我一直在动摇。看着他侃侃而谈的样子,我愈来愈倾向于判断那件事并不会发生。或许那天他也不过是在讲他的一个理念而已。到底是什么让我在那一刻相信了他?是夜晚潮湿的空气吗?还是因为寒冷的大雾?或是因为那棵芭蕉树上的雨滴？

我摇摇头。或许我所该做的，只是像许多年前那样，放松地和他聊聊天而已。

我疲惫地瘫倒在沙发上，释放出那个原本的自我。

七

"你是什么样的一个人？"一个声音问我。

"我不知道。"我说。

"你用什么来确定自己的存在？"

"不知道。"

"你觉得你有价值吗？"

"我不知道，但我希望我有。"

我不会告诉 X，我经常失眠，或者在夜里醒来，怀疑自己是个毫无价值的人，做着毫无价值的一切。我会为这样的理由痛哭，认为自己不该活在这个世界上。我想找到自己来这个世界的目的，我好像找到了，又好像没有找到。我不愿意告诉他，当我身处人群时，看见密密麻麻的人头挤在一起，推推搡搡，浑浑噩噩，咒骂他们如同行尸走肉，闻见他们的喜怒哀乐也一并散发出腐臭。他们为什么不死？我恶毒地想。可我又看见，我许许多多的亲人也正在其中走着，我的父亲、母亲，我的姑妈、表姐，还有我自己、X、K，甚至我死去的亲人也在那人群里走着，艰难地走，我的祖父、祖母，曾祖父、曾祖母。我不敢告诉 X，我同样幻想过自己的死，幻想过死后亲人痛哭的场景——我并不同情他们。但我又坚信自己不会那样做，大部分时候，我愤怒地想——我要活下去，我甚至想，我要永生，一直到这个世界的结局为止，我要看一看这个世界最后的样子。

我看着 X，他也正笑着看着我。

"随便聊聊不是挺好的吗？"

"是啊。"

"你上一次感到难过是因为什么事情？" X 问我。

"我想……大概是今天早上，我从我妈那儿出来，看见楼下原本是车库的地方住了一个老人。"

"你同情她？" X 问。

"这样说未免太简单了，"我一边回忆着，一边说，"我看见她花白的头发。她穿得很整洁，腰背也很直。她不紧不慢地在门口的木头砧板上处理一条鱼，在她的脚边，蹲着一只不知是流浪还是家养的狸花猫。那只狸花猫也很好看，矫健，毛色干净、健康……它在那里静静等着……"我描述着那样一个场景，每一个细节都令我感到难受，"我想，原本这一瞬间是美好的，但我看见的是一些别的，比如它的曾经，比如它的将来，我看到的是一个失去健康和体面的老人，一只死猫……"

X 笑了："照这样说，你岂不是难过得太频繁了？"

我也笑了，我说："没错，如果我告诉你，我每时每刻都在难过……"

我们一起笑了起来。我说起另一件令我难过的事：前一天，我去看了祖父老宅拆迁后的样子。那里正在修建一个仓库，原本是老宅的地方有一大半的土地没有用上，原先的院子格局依然可辨，但我却费了好大力气才还原成功，因为那棵曾经高大茂密的板栗树枯萎了一半，而另一棵矮小的柿子树却突然长高了很多，并且有史以来第一次结出了又红又大的柿子——在这之前，我在院子里长了十几年，竟不知道它是一棵柿子树。

X当然无动于衷。

我自顾自说着话，又说起我有生以来最难过的一件事——祖母的死。我说，祖母身边的亲人并没有带她去医院，尽管她说自己疼得要命——他们带她去了诊所，诊所里还排着队，有人被狗咬了，祖母就在那儿等着——然后死了。

X对我的祖母几乎没有记忆，尽管她曾照管过他一两年。

我沉浸在自己的情绪里，X却有些不耐烦了。

"为这些难过有什么意义呢？"他说。

"这只是我的感受，对我来说很重要。我并不去想它有什么价值、什么意义。"我说。

"你理想中的生活是什么样子？"X换了一个问题。

"我理想的生活？"我想了想，"一个大房子。"

"哈。"X像小孩那样笑起来，"那不是物质的东西吗？"

"对啊。"我回答，"是物质，但对我而言，那是精神上的东西，只不过看起来是物质的形态。"

我脑中所想的，正是祖母居住的那一座房子，我成长的地方，拆迁后柿子树上忽然结出果实的地方，X 记忆中的柚子树也在那里。我想要的，是那座房子的鼎盛时期。那时候，祖父祖母还拥有健康的身体，他们将园子打理得十分繁荣，那里会有鸟儿做窝，蛇蜕皮。在我小时候，那儿总是很热闹，祖父母、姑妈、表兄弟姐妹，大家总是聚集在那里，其乐融融，我曾在那里得到过爱。无论这爱是否经得起追问和考验，至少在我那一刻的体验中，它们是真实的，而这样一种真实的感觉，一直留存在我的记忆里。即使在某一天，我与 X 一样，惊异于人们的麻木、善变、遗忘与无情，我依然怀念那些曾感受过的温暖时刻。当我无数次寻找支撑生活的美好愿景时，脑子里总是浮现出那座大房子。事实上，这也正是我不想看到 X 赴死的原因——他也是那大房子里的一员。

"这就是我理想中的生活，但我知道它永远不可能实现。"我对 X 说。

很快。我告别了 X，告别这里的一切，回到我一个人的地方去。我依然尝试说服 X，把我所见、所知、所感的告诉他，毕竟我活着的历史比他长些。我告诉他，他也是被爱过的人，爱他的正是一些他认为"无价值"的人。我告诉他，不是每个人都能意识到自己的处境，人们总是被自己的历史、经验、弱点、感官、情绪所控制着，即便有人意识到自己的困境，也总是无法摆脱……后来，我也不知道我自己在说些什么。我想，我还是专注于自己比较好，我应当好好吃饭，好好睡觉，避免想得太多才能健康。毕竟，我是想要永生的人。

慢慢地，我便把 X 这件事情忘记了。幸运的是，之后很多年，我都没有听见什么坏消息。我有时候想起来，会庆幸 X 果然没有去死。直到某一天，我再一次搬家的时候，突然发现在一堆旧物之中，掩藏着一些并不属于我的东西：几个厚厚的笔记本——里面尽是歪歪扭扭的字；一幅画——画面上的女人低垂着眼睛。

我将那幅画翻过来。"送给 X。"上面写着，看不出是谁的笔迹。我将那幅画再翻过去，包好，也许我会把它挂在新居的墙上。我一直没有告诉 X，当我第一次看到那幅画时，我想到了我自己。